La mujer del sultán

Sarah Morgan

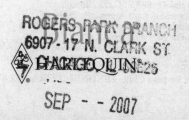

Editado por HARLEQUIN IBÉRICA, S.A.
Hermosilla, 21
28001 Madrid

I.S.B.N.: 978-84-671-4910-4
Depósito legal: B-13616-2007
Editor responsable: Luis Pugni
Composición: M.T. Color & Diseño, S.L.
C/. Colquide, 6 - portal 2-3º H, 28230 Las Rozas (Madrid)
Fotomecánica: PREIMPRESIÓN 2000
C/. Algorta, 33. 28019 Madrid
Impresión y encuadernación: LITOGRAFÍA ROSÉS, S.A.
C/. Energía, 11. 08850 Gavá (Barcelona)
Fecha impresion para Argentina: 29.10.07
Distribuidor exclusivo para España: LOGISTA
Distribuidor para México: CODIPLYRSA
Distribuidores para Argentina: interior, BERTRAN, S.A.C. Vélez
Sársfield, 1950. Cap. Fed./ Buenos Aires y Gran Buenos Aires,
VACCARO SÁNCHEZ y Cía, S.A.
Distribuidor para Chile: DISTRIBUIDORA ALFA, S.A.

Capítulo 1

TODO estaba bajo control.

Como un depredador, su poderoso cuerpo acechaba inmóvil, la mirada alerta y vigilante. Reclinado en su asiento, el sultán Tariq bin Omar al-Sharma, lejano e inaccesible, observaba la sala de baile desde la mesa mejor situada del recinto. La arrogante cabeza, ligeramente ladeada y la cínica mirada de sus fríos ojos oscuros eran suficientes para mantener a la gente a una distancia respetuosa. Como precaución adicional, no muy lejos de él, sus guardaespaldas se paseaban discretamente, listos para impedir que alguien se acercara demasiado al sultán.

Tariq los ignoraba, del mismo modo que ignoraba las miradas de los invitados y aceptaba su atención con la aburrida indiferencia de alguien que había sido objeto de interés y especulación desde la cuna.

Era el soltero más codiciado del mundo, incansablemente perseguido por innumerables mujeres que lo miraban con ojos esperanzados. Un hombre duro, un símbolo de fuerza y poder, y casi indecentemente apuesto.

A pesar de que el salón de baile estaba lleno de

hombres poderosos y atractivos, Tariq era el blanco de las miradas lascivas de las mujeres.

Como tenía por costumbre, podría haber sacado partido de esa ventaja, pero esa noche su interés estaba centrado en una sola mujer.

Una mujer que se hacía esperar.

Nada en su atlética figura sugería que el objeto de su presencia allí no se debiera a algo más que su deseo de favorecer con su asistencia el baile con fines benéficos en el que participaba lo más selecto de la alta sociedad. Su apuesto rostro de rasgos aristocráticos no mostraba el menor indicio de que esa noche fuera la culminación de meses de una meticulosa planificación.

El sultán necesitaba conseguir el control total de la empresa Tyndall Pipeline Corporation. La construcción de un oleoducto a través del desierto era fundamental para el futuro de Tazkash, crucial para la seguridad y prosperidad de su pueblo. El proyecto era económicamente rentable y además respetuoso con el medio ambiente.

Sin embargo, no contaba con la cooperación de Harrison Tyndall. El director ejecutivo de la empresa se negaba a reemprender las negociaciones. Y Tariq sabía por qué.

Por la joven Farrah Tyndall, la hija de papá.

Una jovencita rica, mundana y estropeada que siempre había tenido todo lo que deseaba. Un hermoso objeto hecho para decorar las reuniones sociales que eran toda su vida.

Sí, siempre había obtenido lo que deseaba. Menos a él.

Los labios de Tariq se curvaron en una sonrisa. Bueno, pudo haberlo tenido, pero no le habían gustado sus condiciones.

Y tampoco a Harrison Tyndall. Repentinamente, y sin acuerdos, habían concluido cinco semanas de delicadas negociaciones entre el Estado de Tazkash y la Tyndall Pipeline Corporation. Y durante cinco largos años no había habido comunicación entre ellos.

—Su Excelencia, iré a dar una vuelta por el salón para ver si la joven Tyndall ha llegado —dijo Hasim Akbar, el ministro de Exportaciones Petrolíferas.

—No ha llegado todavía —replicó Tariq en su excelente inglés aprendido en los colegios más caros del mundo—. Si estuviera aquí, yo lo sabría.

—Tarda demasiado.

—Por supuesto —respondió con una leve sonrisa—. Para ella la puntualidad es una forma de perder la ocasión de lucirse. Vendrá, Hasim. Su padre patrocina este baile y ella nunca se pierde una fiesta.

No tenía la menor duda de que en ese momento y en algún lugar, Farrah Tyndall ensayaba su entrada en el salón de baile. Después de todo, ¿no era la vida social el objetivo de esa existencia mimada, frívola y superficial? Tras haber vivido al amparo de la reputación de su madre, Farrah Tyndall era como todas la mujeres que había tratado en su vida. No se ocupaba de nada más que de vestidos, zapatos y de sus cabellos, en manos de los mejores estilistas.

—Se hace tarde, tal vez ya se encuentra aquí y no

te has dado cuenta, Excelencia –insistió el ministro tamborileando sobre el brazo de su silla.

–Está claro que no la has visto en tu vida. Si la conocieras, sabrías que ser el centro de atracción constituye el objetivo de su vida.

–¿Es hermosa?

–Sublime –comentó al tiempo que su mirada se posaba en la escalera–. Farrah Tyndall puede iluminar una habitación sólo con una sonrisa de sus labios bien pintados. Si ya estuviera aquí, los hombres estarían arremolinados a su alrededor, contemplándola embobados.

Como él la había contemplado ese primer día en el campamento de la playa de Nazaar que bordeaba el desierto.

Pero no era su belleza lo que le interesaba en ese momento. Durante los últimos meses, discretamente su personal había adquirido todas las acciones disponibles de la Tyndall. Finalmente, el control de la empresa estaba al alcance de su mano. Todo lo que necesitaba era el veinte por ciento restante de las acciones para tomar el control total de la compañía y garantizar el proyecto del oleoducto.

Y Farrah Tyndall poseía ese veinte por ciento.

–Sigo pensando que el plan no es viable –comentó Hasim.

–El desafío de un negocio es hacer de lo imposible algo posible –replicó Tariq con una sonrisa imperturbable al tiempo que jugueteaba con el tallo de su copa de champán–. Y encontrar una solución allí donde no existía.

–Pero si quieres llevar a cabo tu plan tendrás que casarte con ella.

A pesar de su expresión indiferente, los dedos de Tariq apretaron la copa con fuerza. Para él, la perspectiva de un matrimonio casi le producía alergia.

–Sólo por poco tiempo.

–¿Piensas seriamente en apelar a la antigua ley que te permite divorciarte tras cuarenta días y cuarenta noches de matrimonio?

–Todos los bienes de mi esposa, todos, pasan legalmente a mi propiedad a través del matrimonio –observó con una sonrisa de seda–. Necesito esas acciones, pero no deseo permanecer casado.

El plan era perfecto.

–Es un insulto para la novia y su familia, Excelencia –objetó Hasim.

–¿Cómo se puede insultar a una mujer que piensa solamente en fiestas y en bienes materiales? –repuso en tono sardónico–. Si esperas que sienta compasión por Farrah Tyndall, pierdes tu tiempo.

Justo en se momento, la señorita Tyndall apareció en lo alto de la amplia escalera.

Avanzaba como una princesa, sus rubios cabellos recogidos para sacar partido al cuello largo y esbelto, y enfundada en un largo vestido dorado que realzaba un cuerpo de una belleza sencillamente perfecta.

Con fría objetividad, Tariq concluyó que había acertado al pensar que había pasado la tarde entera en la peluquería mientras su mirada experta le recorría lentamente el cuerpo de la joven.

Y eso significaba que las prioridades de la señorita Tyndall no habían cambiado para nada en los cinco años pasados desde el último encuentro.

Aunque Tariq notó algunos cambios. La joven que se desplazaba con la gracia de una bailarina ya no era la adolescente siempre consciente de sí misma y ligeramente amedrentada. Se había transformado en una mujer segura, serena, elegante y sofisticada.

Aunque cuidó de no traicionarse, un ataque de lujuria se apoderó de su cuerpo. Irritado por la violencia de su respuesta fisiológica, la observó en siniestro silencio mientras se deslizaba entre las mesas y ocasionalmente se detenía a saludar a alguien. Su sonrisa era una mezcla intrigante de seducción e inocencia y la utilizaba con sabiduría, cautivando a los hombres con la suave curva de sus labios y el brillo divertidos de los ojos.

Se había convertido en una mujer de belleza excepcional que sabía sacar partido a los dones que la naturaleza le había otorgado. Y utilizaba cada uno de esos dones mientras se aproximaba a la mesa, más refulgente que una estrella luminosa, rodeada de un grupo de amigos.

La mesa estaba al lado de la suya. Lo sabía porque había dado instrucciones a su personal de que así fuera. De modo que, como un animal depredador, Tariq esperó a su presa en completo silencio. La joven intercambió unas palabras con un invitado que pasó junto a ella y que galantemente le besó la mano. Luego dejó su pequeño bolso sobre la mesa y giró la cabeza, todavía sonriente.

Entonces lo vio.

El color desapareció de su hermoso rostro y la brillante sonrisa se esfumó al instante.

Una chispa vulnerable brilló en el fondo de sus asombrosos ojos verdes. Durante un segundo, la mujer desapareció y Tariq volvió a ver a la joven adolescente.

Conmocionada, apartó la mirada de él y respiró a fondo mientras apoyaba la mano en el respaldo del asiento.

Tras observar con arrogante satisfacción masculina el efecto que su presencia había producido en la joven, Tariq pensó que su tarea iba a ser tan fácil como lo había imaginado.

Observó cómo erguía los hombros, retiraba la mano del respaldo de la silla y le dirigía una mirada inexpresiva con una graciosa inclinación de cabeza. Luego se volvió a los amigos sin dar muestras de que él fuera algo más que un conocido.

La mirada de Tariq se posó en sus pechos en tanto pensaba que, aunque su boda con la heredera de los Tyndall sería sólo un negocio, la primera noche ciertamente sería placentera. Cuarenta días con sus respectivas noches, para ser exactos. La idea del matrimonio repentinamente cobró un atractivo que se le había escapado anteriormente.

De pie en una esquina oscura de la terraza, Farrah contemplaba el jardín esa cálida noche de agosto. Sin embargo, su cuerpo temblaba.

Si hubiera habido alguna forma de escapar inadvertida lo habría hecho, porque para ella era una agonía estar en la misma habitación que Tariq bin Omar al-Sharma.

Esa noche se habría quedado en casa si se hubiera enterado de que él se encontraba en Londres.

Había sido un encuentro sin aviso, sin la menor oportunidad de prepararse mentalmente para soportar la angustia de volver a verlo.

Una sola mirada a esos exóticos ojos oscuros la habían convertido nuevamente en la estudiante desmañada de grandes ojos, loca por él, agobiada por el peso de sus inseguridades. Y al rechazarla, él había acabado con su frágil autoestima.

La cena había resultado ser un duro ejercicio de contención y resistencia mientras charlaba y reía con los amigos, absolutamente consciente de su poderosa presencia y sus ojos clavados en su espalda. En un momento dado, tras excusarse, salió a la terraza, incapaz de soportar la situación un minuto más.

En la oscuridad de la terraza pensó con extrañeza que, por más que alguien cambiara en el exterior, en su fuero interno seguía siendo la misma persona. A pesar de la deslumbrante seguridad en sí misma, en el fondo se mantenían las antiguas inseguridades. Interiormente era la misma chica desgarbada, con unos kilos de más, cuyo aspecto ni intereses correspondían a lo que se esperaba de ella. Farrah había sido una continua desilusión para la señora Tyndall.

El recuerdo de su madre aumentó la tristeza de

ese momento. Había fallecido hacía seis años, pero en Farrah aún se mantenía vivo el deseo desesperado de complacerla, de hacer que se sintiera orgullosa de su hija.

–Me asombra que te pierdas una fiesta, Farrah –oyó a sus espaldas la voz profunda, suave, indiscutiblemente masculina de Tariq.

Una vez había amado esa voz. La había encontrado exótica y seductora.

En el pasado solían llamarlo Príncipe del Desierto y el nombre aún se mantenía, a pesar de que hacía cuatro años se había convertido en el sultán que gobernaba el Estado de Tazkash. Valiente y agresivo, había transformado un pequeño e insignificante país en uno de los Estados más relevantes del mercado mundial. Como sultán se había ganado el respeto de los políticos y del mundo de los negocios.

Farrah sintió que el pánico se apoderaba de ella. Afortunadamente, había aprendido a ocultar sus verdaderos sentimientos, y su profesor había sido el mismo Tariq. Era un hombre que no revelaba nada. Mientras ella actuaba gobernada por sus emociones, él seguía los dictados de su mente.

Sin dejar de recordar la dura lección, se volvió lentamente, decidida a comportarse como si su presencia no fuera más que una molestia para ella.

–Su Alteza –saludó, sin mirarlo. Su tono era seco, aunque ferozmente educado. Farrah notó que estaban solos en la terraza, con excepción de los guardaespaldas que se encontraban a prudente distancia–. Hace mucho calor en el salón.

—Y sin embargo estás temblando —repuso al tiempo que se acercaba a ella.

Farrah sintió que se le secaba la boca y aferró el pequeño bolso como si se enfrentara a un ladrón. Aunque era más que probable que no pensara robarle, sin duda era un ladrón. Una vez le había robado el corazón.

—No hagamos comedia, Su Excelencia. Nos hemos encontrado en la misma recepción y es una desgraciada coincidencia para ambos. Sin embargo, eso no significa que estemos obligados a compartir la velada. No hace falta fingir una amistad que sabemos que no existe.

Esa noche su aspecto era espectacular. El esmoquin le sentaba tan bien como la ropa tradicional que solía llevar, y ella no ignoraba que se sentía cómodo con cualquier prenda. El sultán se movía con envidiable soltura entre las diferentes culturas.

Tariq estaba absolutamente fuera de su alcance, y el hecho de haber creído que podrían compartir un futuro era el recuerdo más humillante de su estúpida ingenuidad en el pasado.

Un vestido de diseño y un esmerado peinado no la convertían en candidata a esposa de un príncipe, como una vez le había dicho con crueldad.

Desgraciadamente, Tariq no había conocido a su madre. Tenían mucho en común y lo más notable era la creencia de que la joven Farrah no encajaba en la brillante sociedad que ambos frecuentaban.

La joven se dijo con firmeza que ya no importaba. En la actualidad tenía su propia vida. Una vida que le encantaba, apropiada a su modo de ser. Había aprendido a ser una mujer socialmente brillante porque era lo que se esperaba de ella, aunque ésa era sólo una pequeña parte de su existencia. Y no era la que más le interesaba. Pero eso era algo que no tenía intención de compartir con Tariq. Su breve relación con él le había enseñado que ser abierta y sincera sólo conducía al dolor y a la angustia.

La música les llegaba desde las puertaventanas abiertas a la terraza. Farrah sabía que en media hora empezaría el desfile de modelos al que la habían invitado a participar. ¿Cómo podría hacerlo? ¿Cómo podría desfilar en la pasarela a sabiendas de que él se encontraría entre los presentes?

Llamaría a Henry, el chófer de la familia y le pediría que fuera a buscarla. La mejor forma de protegerse a sí misma era marcharse de la recepción.

Decidida a hacerlo, dio un paso para retirarse, pero él le asió el brazo.

—Esta conversación aún no ha terminado. No te he dado permiso para marcharte.

—No necesito tu permiso, Tariq —dijo con los ojos llameantes de ira y desafío al tiempo que sentía la excitación que recorría su cuerpo ante la cercanía física del hombre. Y también sintió rabia contra sí misma—. Vivo mi vida del modo que me apetece y afortunadamente no estás incluido en ella. Éste ha sido un encuentro fortuito que haríamos bien en olvidar.

—¿Crees que este encuentro ha sido fortuito?

–preguntó tan cerca, que ella pudo sentir el calor de su cuerpo a través de la fina tela del vestido dorado y, aunque luchó contra ello, notó que las piernas le flaqueaban.

A pesar de que llevaba unos tacones increíblemente altos, la estatura de Tariq y sus amplios hombros la dominaban físicamente. La proximidad de ese hombre era una mezcla de excitante tormento y tentación que no podía impedir.

Por su respiración entrecortada, supo que a él le sucedía lo mismo. Siempre había sido así entre ellos. Desde el primer encuentro en la playa. Desde el primer beso en las Cuevas de Zatua, en pleno desierto.

Ésa fue la razón por la que hizo el tonto ante él. La ciega atracción física trascendió el sentido común y las diferencias culturales entre ellos.

Una intensa sensualidad se desprendía de Tariq y Farrah se vio atrapada en su propio deseo. Los pezones se endurecieron contra la tela del vestido junto a una ardiente sensación que se apoderó primero de su vientre y luego de todo su cuerpo.

–¿Esperas que crea que has venido por mí? –preguntó riendo al tiempo que echaba la cabeza hacia atrás–. Tariq, hace cinco años tu único deseo era deshacerte de mí, así que no puedo creerte. ¿Recuerdas que dijiste que no era adecuada para ti? Te avergonzabas de mí.

–Eras muy joven. Pero te he estado observando durante todos estos años.

–¿A mí?

–Por supuesto –repuso con una sonrisa irónica–.

Apareces continuamente en la prensa. Los diseñadores se pelean porque lleves sus creaciones. Si te pones uno de los modelos de esos creadores, de inmediato aumentan sus ventas. Has ganado en aplomo, confianza en ti misma, elegancia.

«Y duplicidad», pensó ella. ¿Por qué nadie se preocupaba de la persona que se escondía tras el brillo de los oropeles? ¿A nadie le interesaba saber quién era ella en realidad?

Durante un breve tiempo pensó que a Tariq sí que le importaba. Pero se había equivocado.

Y su rechazo había sido el último estímulo que le hacía falta para reinventarse a sí misma. Para convertirse en la mujer que su madre siempre había deseado que fuera. Al menos una parte de ella, porque el resto del tiempo llevaba una vida absolutamente diferente, una vida que le gustaba y que muy pocos conocían.

—Me alegro de contar con tu aprobación —dijo suavemente al tiempo que intentaba pasar junto a él—. Y ahora me voy y…

—No vas a ninguna parte —ordenó, y sin vacilar le rodeó la cintura y la atrajo hacia sí.

Luchando por controlar su excitación, Farrah se puso rígida.

—¿Por qué me buscas de pronto? Me es difícil creer que sea por falta de compañía femenina.

—No me faltan las mujeres.

—Entonces concéntrate en alguien que se interese por ti. La verdad es que no me interesas en absoluto, así que quiero que me dejes marchar.

La tensión entre ambos era arrolladora.

–Si no estás interesada, ¿por qué tu corazón late con tanta prisa?

–No me gusta que me abracen en contra de mi voluntad –repuso irritada al ver que él había notado la reacción de su cuerpo–. No me gusta el modo en que utilizas tu poder para conseguir lo que quieres. Y no acepto que me intimiden con amenazas.

–¿Piensas que te estoy forzando? –inquirió en un tono letalmente suave, su boca muy próxima a la de ella–. Es extraño, porque te solté cuando me lo dijiste, pero no te has movido ni un centímetro, Farrah. Todavía tu cuerpo se mantiene contra el mío. Y me pregunto por qué.

Tariq decía la verdad. Con una exclamación ahogada, ella dio un paso atrás.

–Creo que lo que nos une es la química sexual que siempre hubo entre nosotros. Lo que prueba que tenía razón al buscarte –murmuró al tiempo que alzaba una mano para acariciarle la mejilla.

–¿Qué razón tendrías para hacerlo? –preguntó con una voz apenas audible.

Farrah sabía que él no hacia nada impulsivamente. Cada minuto de sus días estaba planeado de antemano. Era casi imposible que se encontrara en un baile sin un propósito.

–Cinco años es mucho tiempo. Entonces tenías dieciocho, eras joven e impulsiva. Desconocías mi país y mi cultura. Quizá fue inevitable que hubiese problemas y malos entendidos entre nosotros.

–No deseo hablar del pasado y no me interesa tu opinión, Tariq. Eso fue hace mucho tiempo y ambos hemos continuado nuestras vidas por caminos diferentes.

–No lo creo –replicó al tiempo que le alzaba la mano derecha–. Todavía llevas mi sortija.

Horrorizada, Farrah miró el hermoso diamante. El anillo había sido el símbolo de sus románticos sueños juveniles e incluso después de la ruptura no había sido capaz de quitárselo. Con una maldición mental, retiró la mano.

–En realidad lo llevo para recordar que no se puede confiar en los hombres que suelen hacer regalos tan exquisitos como éste.

Los labios de Tariq se curvaron en una sonrisa indulgente.

–Si quieres engañarte a ti misma es cosa tuya, *laeela,* pero no intentes engañarme a mí. Hay cosas que ni con el paso del tiempo pueden cambiar.

–Vete, Tariq. Si quieres acabar definitivamente con lo que ocurrió entre nosotros, ya lo has conseguido. Pero vete y déjame sola para vivir mi vida en paz –dijo estremecida y con el corazón latiendo frenéticamente en el pecho.

Él la miró pensativamente.

–No deberías salir tan ligera de ropa al aire fresco de la noche. Te vas a enfriar –comentó al tiempo que le ponía su chaqueta sobre los hombros desnudos–. No he venido aquí con ese propósito.

Farrah se vio envuelta nuevamente en el familiar aroma masculino y su cuerpo otra vez volvió a reaccionar.

Él se acercó más y ella sintió su cálido aliento en la mejilla.

–¿Entonces a qué has venido? Te ruego que vayas al grano para poder volver al salón –dijo, consciente de su proximidad y la mirada de sus ojos oscuros fijos en ella. Con un escalofrío percibió que la boca masculina estaba muy cerca de la suya–. Tariq –murmuró, casi como un ruego–. No hay nada entre nosotros. Tú lo mataste.

–Es inútil negarlo cuando el cuerpo habla con tanta claridad.

Farrah pensó que él podía verlo todo, que lo sabía todo. Conocía sus sentimientos, sus pensamientos.

Se decía que el sultán era un experto en mujeres. Y que era el mejor de los amantes. Aunque ella nunca tuvo la oportunidad de comprobarlo.

Al ver su sonrisa satisfecha y levemente divertida, Farrah lo miró con la barbilla alzada.

–¿Quieres que mi cuerpo hable con claridad? De acuerdo –dijo al tiempo que le daba un sonoro bofetón en la mejilla.

De inmediato los guardaespaldas surgieron de la oscuridad, pero Tariq los detuvo con un leve gesto de la mano al tiempo que la miraba con incredulidad.

–Te gusta el peligro, *laeela*. Te perdono porque comprendo los sentimientos que te han llevado a hacerlo. Siempre ha habido fuego entre nosotros y, a pesar de lo que puedas pensar, no me gusta que mi esposa sea sumisa y débil.

–¿Estás casado? –preguntó, sorprendida a su pesar.

–Todavía no –repuso en un tono suave como la seda–. Ésa es la razón que me ha traído hasta aquí.

–¿Estás buscando esposa? –preguntó con sarcasmo–. Entonces vuelve al salón, Tariq. Estoy segura de que hay una fila de candidatas esperándote.

–Puede ser, pero la mujer que busco está frente a mí. He decidido casarme contigo, Farrah –murmuró con la boca muy próxima a la de ella.

Capítulo 2

CONMOCIONADA, Farrah guardó silencio.
—¿Qué clase de broma es ésta? –preguntó, finalmente.

—Como bien sabes, nunca he encontrado divertida la idea del matrimonio. ¿Por qué me acusas de estar bromeando?

—Porque no puedes hablar en serio. ¡Hace cinco años que no nos vemos! Y la última vez que estuvimos juntos me dijiste que nunca te casarías con una mujer como yo, que era perfecta como amante, pero nada más.

—En realidad estaba equivocado. Hace cinco años eras demasiado joven e inocente para ser una amante perfecta –dijo al tiempo que la miraba reflexivamente y luego le tocaba la mejilla sonrojada–. La perfecta amante debe tener experiencia sexual y actuar con independencia de sus emociones. Tú no eras ese tipo de mujer.

Ruborizada, Farrah se apartó de él.

—No me interesa tu definición de la amante perfecta. Recuerda que rechacé ese papel. Confieso que cometí el error de pensar que nuestra relación significaba algo más para ti.

—Si me hubieras acompañado a la cama, por primera vez en tu vida habrías experimentado el verdadero placer.

–Si hubiera ido a tu cama, aparte de cometer una estupidez, habría experimentado un verdadero arrepentimiento.

–Te hice una oferta extremadamente generosa.

–¿Una oferta generosa? Lo siento, pero no veo la menor generosidad en invitar alguien a practicar sexo contigo –explotó mientras pensaba que lo había amado profunda y apasionadamente. Y había creído que él le correspondía–. Se supone que tienes una gran inteligencia y un agudo intelecto, pero no sabes nada acerca de relaciones personales ni de emociones humanas. Hablando claro, me ofreciste dinero a cambio de sexo. Eso tiene un nombre nada agradable, Tariq –dijo con desprecio.

Él alzó su orgullosa cabeza y el brillo de sus ojos le recordó que no estaba acostumbrado a que le desafiaran.

–En ese entonces el matrimonio no era posible entre nosotros.

–¿Y ahora sí? –preguntó con sarcasmo.

–Cinco años es mucho tiempo y muchas cosas se pueden perdonar.

–Puede ser. Pero no soy yo quien necesita perdón. Fuiste terriblemente despiadado, Tariq. Cuando rechacé tu «generosa oferta», mi padre y yo nos vimos obligados a abandonar el país.

–Dadas las circunstancias, no era apropiado que te quedaras.

Farrah pensó en las playas y en el desierto, en los templos dorados y las calles polvorientas.

Pensó en las Cuevas de Zatua, en los misterios del zoco y en esos preciosos paseos matinales a la orilla del mar, bajo el cálido sol.

–Durante un corto tiempo fue mi hogar y me encantaba. Fue muy duro marcharme de allí.

Pero no tan duro como separarse de Tariq. Había creído que la amaba, pero sus sentimientos no habían sido nada más que deseo sexual y esa verdad había destrozado la frágil confianza en sí misma.

–Si de verdad amaste mi país, entonces te sentirás feliz de regresar.

–Nunca volveré. Te comportas de forma ridícula y me niego a seguir conversando contigo. No formo parte de la legión de mujeres que te adoran.

–Una vez, Farrah Tyndall, me rogaste que me casara contigo– repuso con suavidad, al tiempo que le acariciaba el labio inferior con el pulgar–. Estabas impaciente por llegar a mi cama. Fui yo el que actuó con prudencia porque eras demasiado joven. Una vez me adoraste.

Farrah no deseaba que le recordara lo abierta y sincera que había sido respecto a sus sentimientos a los dieciocho años. ¡Cómo debió haberse reído de ella!

–Eso fue antes de haber descubierto que un príncipe es mejor en los cuentos de hadas, antes de descubrir que eres un bastardo frío e insensible.

Tariq echó la cabeza hacia atrás y entrecerró los ojos en señal de advertencia.

–Ten cuidado, Farrah. Te he permitido muchas libertades, pero nadie me habla de esta manera.

–Esto te demuestra que sería una esposa muy inapropiada para ti. Pensé que ya lo habías descubierto, pero es bueno recordártelo –dijo al tiempo que le devolvía la chaqueta–. Prefiero entrar en calor en el salón.

No podía hablar seriamente de casarse con ella. ¿Con qué motivo? No entendía su juego, pero sabía que no quería formar parte de él.

–Vendrás conmigo. Ahora mismo –dijo con una mirada peligrosa y Farrah se estremeció. Debería haber recordado que nadie discutía con él, que su autoridad era absoluta–. Quiero hablar contigo en privado –añadió agarrándola de la muñeca.

–Pero yo no quiero hablar contigo ni en privado ni en público. Cinco minutos en tu compañía me han convencido de que no has cambiado nada, así que te aconsejo que te marches.

–Vendrás conmigo.

–¿Por qué? ¿Porque tú lo ordenas? ¿Qué vas a hacer? ¿Secuestrarme?

–No haría falta una medida tan extrema.

–¿De veras piensas que voy a volver a tus brazos?

–Sí, si eres sincera con tus sentimientos. Te estoy ofreciendo lo que siempre has querido. No permitas que una rabieta infantil te impida cumplir tus sueños.

–Aunque seas un sultán, tu arrogancia es insufrible –exclamó con voz ahogada intentando ignorar las sensaciones de su cuerpo–. Cualquier sueño que hubiera podido albergar respecto a ti se esfumó hace cinco años. Tuviste tu oportunidad conmigo, Tariq, y la dejaste escapar. Fin de la historia.

Lejos de sentirse desconcertado, sus ojos brillaron y Farrah recordó demasiado tarde que se crecía con los desafíos.

–Estoy dispuesto a jugar tu juego por un tiempo, hasta que te hagas a la idea de que volveremos a estar juntos. Pero como mi futura esposa, tendrás que regirte por un código de conducta. Entiendo que en unos minutos vas a participar en el desfile de modelos –dijo con firmeza. Farrah abrió la boca para decirle que se iba a excusar, pero de pronto notó su mirada amenazante–. Te prohíbo que lo hagas.

–¿Me lo prohíbes? –preguntó, airada. Y de pronto se dio cuenta de que participar en el desfile de modelos sería la forma más rápida de hacerle desaparecer de su vida.

–Como mi futura esposa, no sería apropiado.

–Vaya, ya comprendo –repuso con su voz más dulce al tiempo que se liberaba de la mano aferrada a su muñeca–. Te aviso que voy a participar, así que tal vez sería mejor buscar en otra parte la esposa que Su Excelencia necesita tan desesperadamente.

Tariq aspiró una gran bocanada de aire al tiempo que la miraba con incredulidad.

–Veo que insistes en tu ridícula indiferencia. ¿Es que no comprendes que te estoy proponiendo matrimonio?

–Lo siento, en realidad no he oído ninguna proposición –disparó con los ojos chispeantes de ira–. Lo único que he oído son órdenes y prohibiciones, las cosas que acostumbras a hacer. Lo siento Tariq, no me interesa –dijo dando media vuelta sin darle opción a responder.

Tras pasar entre los guardaespaldas y cruzar el salón, fue directamente a la habitación donde las modelos se preparaban frenéticamente para el desfile.

Farrah se sentía físicamente enferma cuando se reunió con las otras chicas.

¿Su esposa? ¿Por qué diablos habría decidido proponerle matrimonio tan de repente? ¿Qué estaba pasando? ¿Y por qué su cuerpo todavía le respondía sabiendo la clase de hombre que era?

–¡Farrah, gracias a Dios que has llegado! –exclamó Enzo Franconi, el famoso diseñador italiano, al tiempo que la abrazaba–. Pensamos que te habías marchado a casa, y tengo para ti un vestido maravilloso y...

–Nada de vestidos –lo interrumpió mientras se quitaba los zapatos y se soltaba el pelo–. ¿Vas a presentar algún bañador, Enzo?

–Desde luego que sí –respondió, atónito–. Pero nunca has querido desfilar en bañador. Siempre te has negado a llevar prendas reveladoras.

–Bueno, hoy es diferente. Quiero el bañador más atrevido de tu colección.

–Sí que tengo algo. En tu cuerpo quedará sensacional. Los hombres caerán desmayados a tus pies.

–Espero que así sea –dijo mientras una asistente le bajaba la cremallera del vestido.

Enzo sacó del colgador una prenda de un brillante azul pavo real.

–¿Qué tienes en la pierna? ¿Fango?

Tras examinarse la pierna, ella lo miró ruborizada.

—Lo siento —dijo limpiándose con un dedo.

—Otra vez has estado en la escuela de equitación ayudando a esos niños.

—Hoy tuvimos a una niña pequeña que sufre de parálisis cerebral —murmuró—. Tendrías que haber visto su cara cuando la montamos sobre el caballo, Enzo.

Ese hombre era su amigo, una de las pocas personas a quien podía confiar el secreto de su verdadera vida.

—Maravilloso, *cara*. ¿Pero tenías que introducir las cuadras en el salón de baile? —preguntó con un suspiro.

—Venía con retraso, así que me cambié en el coche.

—Y ahora me vas a contar por qué has decidido desfilar en traje de baño. Está claro que se trata de un hombre. ¿Quieres provocarle celos?

—¡No! Lo que quiero es que se marche de aquí a toda prisa —explicó mientras movía la cabeza de un lado a otro al ver el bañador. No sabía cómo una prenda tan mínima iba a entrar en su cuerpo.

Enzo frunció el entrecejo.

—Entonces escucha mi consejo y no te pongas este bañador porque ese hombre no saldrá huyendo del salón.

—No lo conoces, Enzo —comentó al tiempo que se cambiaba detrás de una cortina—. ¡Ah, pide a alguien que me traiga unos zapatos espectaculares, con tacones altísimos! Enzo, esto me queda demasiado pequeño.

Enzo descorrió la cortina y dejó escapar un suspiro.

–Es que no se pone así –dijo al tiempo que hacía algunos ajustes que hicieron ruborizar a Farrah–. Mejor, mucho mejor. Y ahora esto... –añadió mientras le ponía una bata de una tela transparente sobre los hombros.

–No quiero que me cubra.

–Esto no cubre nada –replicó Enzo, secamente–. Está diseñado para atraer la mirada, para tentar, para atormentar los sentidos. ¿Zapatos? –pidió a la asistente que los observaba a discreta distancia.

Con una sonrisa irónica, Farrah se puso las finas sandalias de altísimos tacones.

–Espero no romperme el cuello.

–No te caerás. Siempre llevas zapatos con tacones similares –afirmó–. Sí, una melena suelta. Así, así –dijo a la peluquera que ya peinaba a Farrah.

Farrah pensó en las botas de montar manchadas de barro en la limusina de la familia.

–No siempre llevo estos tacones, Enzo –replicó con una sonrisa.

Finalmente, Enzo dio un paso hacia atrás y la miró detenidamente.

–Perfecta, estás perfecta.

Tras intercambiar una sonrisa conspirativa, impulsivamente Farrah lo abrazó.

–Me has ayudado tanto. Me enseñaste a vestirme, a andar con elegancia, a...

–Suficiente. Podrías ser una modelo, Farrah –dijo con una sonrisa.

La joven se dirigió hacia la entrada donde las modelos esperaban en fila.

–No, así no, Farrah. Parece que fueras a matar a alguien. Tienes que atraer al público con una mirada seductora, con una boca sugerente y...

–Mensaje recibido –le cortó mientras la música empezaba a sonar.

Farrah ocupó su lugar en la fila de las modelos.

Mientras todavía intentaba hacerse a la idea del fracaso de su primera proposición matrimonial, Tariq se acomodó en su asiento en reflexivo silencio, a la espera del desfile de modelos. Era muy propio de ella no perder la menor oportunidad de lucirse en público. Ésa había sido una de las razones por las que la relación había fracasado.

Había visto mucho de la madre en la hija. Los detalles exactos de la muerte de Sylvia Tyndall no habían salido a la luz pública, pero circulaban rumores de que la muerte de esa bella mujer que vivía vertiginosamente de fiesta en fiesta se debió al abuso del alcohol, de las drogas o a una mezcla de ambos.

Con los años, Farrah había llegado a parecerse más a su madre. Todas las trazas de la niña inocente habían desaparecido. La joven que lo había cautivado no había sido nada más que una ilusión. Había disfrutado de su frescura juvenil, su sentido del humor y su inesperada inclinación hacia él. En ese entonces, Farrah era totalmente inconsciente de su belleza. Era modesta e incluso un poco tímida. No le interesaban las cosas materiales ni los glamurosos eventos sociales.

Sin embargo, todo había cambiado cuando se trasladaron del desierto a su palacio.

De pronto, pareció que no le preocupaba nada más que su aspecto. Una mujer que le gustaba impresionar a todos lo que la rodeaban, y que su único interés era ir de fiesta en fiesta.

Desde otro punto de vista, le había sido más fácil tratar con ella puesto que casi toda su vida se había relacionado con mujeres que solían comerciar con su belleza buscando beneficios que iban desde ostentosos regalos hasta un excelente matrimonio.

Tariq echó una mirada a las jóvenes que desfilaban por la pasarela, pero ninguna era Farrah.

La conocía muy bien como para saber que su petición de que renunciara al desfile sería rechazada y, sin embargo, no esperaba esa entrada bajo los reflectores y una música estridente.

Sus largos cabellos flotaban sobre los hombros y era lo único decente de su aspecto.

Se produjo un murmullo apreciativo entre los hombres que la contemplaban con admiración. Tariq se mantuvo rígido en su asiento, con un rostro inexpresivo. Un leve tic nervioso en la mejilla era el único indicio de la tensión que lo consumía.

La música se transformó en un ritmo hipnótico, desvergonzadamente sensual y ella empezó a moverse al compás de la música con una gracia seductora.

El bañador estaba hecho para dejar al descubierto sus larguísimas piernas y realzar la estrecha cintura y sus pechos tentadores. Una diáfana bata flotaba alrededor de su cuerpo. Era como si se moviera a través de la niebla.

Una visión de la perfección femenina, la fantasía de cualquier hombre y Tariq sintió el súbito aguijón del deseo en el bajo vientre.

Entonces concluyó que un matrimonio temporal sería beneficioso desde todo punto de vista. No sólo sería el dueño de todas las acciones de la compañía, cruciales para el futuro de su país, sino que además tendría a Farrah Tyndall desnuda y a su disposición durante cuarenta días y cuarenta noches. Por ser una pareja recién casada podría justificar el hecho de mantenerla atrapada en la cama y luego se divorciaría antes de que ella tuviera la oportunidad de avergonzarlo como lo hacía en ese momento.

En un extremo de la pasarela, un hombre se levantó del asiento con una mirada de abierto deseo.

Devorado por una creciente tensión, en el interior de Tariq de pronto se desató un incontenible sentido de posesión.

Esos movimientos sugerentes eran una clara incitación a los hombres y ella lo hacía deliberadamente con el propósito de provocarlo. Estaba claro que intentaba vengarse por su rechazo de hacía cinco años. Sin embargo, en lugar de obligarle a retirarse del salón, la provocativa exhibición sólo sirvió para reconciliar a Tariq con la idea del matrimonio.

Sí, estaba decidido a hacerla suya.

Con una ira creciente pensó que debió haberlo hecho hacía cinco años, pero se contuvo por respeto a su inocencia, porque valoraba su pureza.

Farrah llegó al final de la pasarela, y con un provocativo movimiento de cadera para inflamar al público masculino, sus ojos verdes se posaron en Tariq con abierta provocación.

Ciego de ira, el sultán se puso de pie ignorando a los guardaespaldas que intentaron interceptarlo. Sin decir una palabra, alzó a Farrah en sus brazos y la sacó del salón apresuradamente.

—Tariq, ¿qué haces? —jadeó la joven casi sin aliento al tiempo que forcejeaba entre sus brazos. Tariq no lo sabía. Era la primera vez en su vida que actuaba irreflexivamente. Sólo sabía que había obedecido a un impulso salvaje, a la necesidad primitiva de sustraer a la mujer de la mirada lasciva de los hombres—. ¡Bájame ahora mismo!

—Tú elegiste llamar la atención, *laeela*, y lo has conseguido —dijo con la voz enronquecida de ira y celos al tiempo que sentía la tibieza de la carne femenina contra su cuerpo excitado.

Cuando llegaron a la calle, tras acomodarla bruscamente en el asiento trasero, dio una orden al chófer en voz baja.

—Tariq, no voy a marcharme contigo.

—¡Silencio! —ordenó mientras se sentaba junto a ella y se quitaba la chaqueta—. Ponte esto.

—No.

—Cúbrete —dijo en un tono tan feroz que no pudo evitar sentirse impresionado. Su reacción le avergonzó porque, a pesar de sus defectos, nunca había tratado mal a una mujer, ni nunca lo haría. Era un hombre que se sentía orgulloso de su autocontrol—. Estás casi desnuda. Cuando lleguemos a casa podrás ponerte algo más apropiado –añadió inexpresivamente al tiempo que volvía la cabeza para no ver la confusión en los ojos de la joven.

–Te comportas como un hombre de las cavernas –replicó la joven con una mirada llena de rabia.

–Si fuera un cavernícola, me habría dejado llevar por mis instintos más básicos y te habría desnudado en el salón, porque eso era lo que pedías con la mirada. Y tu placer habría sido tan grande que hasta me habrías pedido que tuviera piedad de ti.

Ella dejó escapar una exclamación ahogada.

–Nunca te pediría nada –replicó con la voz enronquecida–. No quiero ir a ninguna parte contigo, así que llévame a casa, por favor –añadió mientras trataba de cubrirse con la chaqueta.

–Es un poco tarde para el recato, ¿no crees? Parece que los bailes de caridad han cambiado desde la última vez que estuve en Inglaterra. ¿Ahora es un requisito indispensable que los invitados se muestren casi desnudos?

–Todo fue por una buena causa –repuso, sin mirarlo.

–Si intentas convencerme de que realmente te interesan los actos benéficos, pierdes tu tiempo. Ambos sabemos que te aferras a cualquier excusa para lucirte en público.

«De tal madre, tal hija», pensó.

–Tienes razón –dijo al tiempo que se volvía a él, sus sorprendentes ojos verdes brillantes de ira y los suaves cabellos rubios sobre las solapas de la chaqueta–. Paso todo el día en la cama a fin de recuperar energías para pasar otra noche en una fiesta, bebiendo sin parar. ¿No es cierto que soy así, Tariq?

–No intentes provocarme –le advirtió con suavidad–. La próxima vez que quieras hacer una obra de caridad, no tienes más que decírmelo y yo firmaré un cheque por una generosa suma de dinero. Así te ahorraré la molestia de desnudarte en público.

–Haré lo que me parezca –dijo mirándolo con la barbilla alzada–. Para ti la vida se reduce al dinero, ¿no es así? Al poder y a la influencia. Bueno, yo no necesito tu dinero. Tu poder y tu influencia no me interesan. No necesito nada de ti. Mis acciones y mi conducta no tienen nada que ver contigo. No me conoces. Nunca me conociste –declaró en un tono de cuidada indiferencia que a Tariq no le pasó inadvertido.

–Si tú lo dices…

El coche avanzaba suave y silenciosamente en la oscuridad de la noche y la penumbra en el interior del vehículo aumentaba la intimidad entre ambos.

Con una sensación de ahogo, Tariq se aflojó la corbata y abrió dos botones de la camisa. Los ojos de Farrah siguieron el movimiento de los dedos largos y fuertes. En ese segundo sus miradas se encontraron y ella volvió la cabeza, pero Tariq alcanzó a ver el rubor de la parte del rostro que no quedó oculta por los sedosos cabellos rubios.

La tensión sexual entre ellos se tornó casi insoportable.

–Deja de mirarme, Tariq –murmuró.

Su ruego casi infantil le arrancó una sonrisa al tiempo que le confirmó que sufría igual que él.

—Tu indumentaria es una invitación para que un hombre no deje de mirarte. Fue diseñado con ese propósito —dijo con suavidad mientras su mirada se deslizaba por las largas piernas de la joven—. Posiblemente lo sabías cuando lo elegiste, ¿no?

—Me lo puse para enfadarte

Tariq esbozó una leve sonrisa.

—Entonces no conoces a los hombres, *laeela*. En público me hubiera enfadado, pero en privado mis sentimientos son totalmente diferentes.

—No me interesan tus sentimientos.

—¿No? Nunca llegamos a averiguar cómo habría sido dormir juntos. Soñamos y bailamos al borde de la pasión. ¿Recuerdas los encuentros furtivos en la playa y nuestros besos en las Cuevas de Zatua? —preguntó al tiempo que le despejaba los cabellos del rostro con la mirada fija en sus labios—. He esperado conseguir la respuesta durante cinco años.

—Ojalá seas un hombre paciente, porque vas a esperar durante el resto de tu vida y todavía te quedarás esperando la respuesta —replicó con la respiración alterada—. No soy un juguete tuyo, Tariq. No me puedes dar órdenes. No puedes poseerme porque así lo hayas decidido.

—Sí puedo. Sólo tengo que tocarte y serás mías. Y tú lo deseas tanto como yo.

Ella lo miro, hipnotizada.

—No es cierto. No es eso lo que deseo. Me enferma tu egolatría.

–Un gobernante que carece de confianza en sí mismo no puede inspirar la lealtad y devoción de su pueblo –declaró bruscamente al tiempo que se acercaba más a ella–. Y ambos sabemos que el problema no radica en mi ego, radica en tus sentimientos. O más bien en tu insistencia en negarlos. A pesar de que afirmes lo contrario, mentalmente me estás desnudando al tiempo que te preguntas cómo sería la unión sexual entre nosotros.

Conmocionada, Farrah tragó saliva.

–Cállate, ahora mismo.

–¿Crees que entonces no me daba cuenta de tus sentimientos? A los dieciocho años no era fácil para ti ocultar tu curiosidad sexual. No has aprendido el juego, *laeela*. Tus ojos me seguían en todas partes y cuando me acercaba a ti no podías ocultar tu excitación.

–Eres tan arrogante –dijo ruborizada hasta la raíz de los cabellos.

–Soy sincero –repuso al tiempo que se reclinaba en el asiento con aire satisfecho–. Y mucho más que tú. Hace cinco años conocí a la niña y ahora estoy ansioso por conocer a la mujer.

–No iré contigo a ninguna parte, Tariq.

–Odio tener que hacerte ver lo que es obvio, pero *ya* estás conmigo –replicó con suavidad.

–Un error que pienso corregir de inmediato –dijo al tiempo que miraba por la ventanilla. Entonces se volvió hacia él con el pánico reflejado en los ojos–. ¿Qué hacemos en el aeropuerto?

–Como ya te he dicho, te voy a llevar a casa. A

mi casa. Vamos a Tazkash –respondió inclinándose hacia delante para hablar con el chófer. Luego se volvió a la joven que intentaba abrir la puerta–. Basta de juegos. Te vas a convertir en mi esposa, Farrah. Y luego te llevaré a la cama y te mantendré allí durante el tiempo que me plazca.

Capítulo 3

SENTADA en un sillón de piel en el jet privado del sultán, el esbelto cuerpo rígido de pánico, Farrah intentó encontrar una salida a la situación. Decididamente ignoró al personal que se esmeraba en atenderla como también a Tariq, en el asiento junto a ella, relajado y enloquecedoramente tranquilo.

Estaba muy enfadada con él y también consigo misma. ¿Cómo pudo haber llegado a esa situación?

Recién en ese momento cayó en la cuenta de que había sido una estupidez provocarlo del modo en que lo hizo.

Cuando la acomodó con tanta brusquedad en la limusina estaba tan airada que toda su atención se había centrado en él, sin fijarse dónde se dirigían.

Cuando manifestó que intentaba llevarla a su hogar, debió haberse dado cuenta de que se refería a Tazkash. Y cuando le dijo que quería a hablarle en privado, debió haberse marchado de inmediato.

Nunca debió haberlo tentado. Cuanto más le decía que no estaba interesada en él, más decidido parecía Tariq a hacerla suya.

¿Por qué no había recordado que nadie derrotaba al Príncipe del Desierto?

Todavía consternada, había subido la escalerilla hasta el interior del avión, sin tiempo para pensar en la forma de escapar de esa situación.

Su humillación se vio agravada ante la total naturalidad con que el personal le había dado la bienvenida a bordo. Al parecer, estaban acostumbrados a recibir a mujeres casi desnudas. Tras una reverencia, la había llevado a un vestidor con un armario lleno de ropa femenina.

Tras ponerse un traje de pantalón y chaqueta de seda, se había sentado junto a Tariq. Las tenues luces de la cabina creaban una atmósfera de intimidad que no hizo más que agravar sus nervios.

—Llévame a casa, Tariq —pidió con frialdad—. Ahora.

—Justamente te llevo a Tazkash, a tu nuevo hogar.

—No puedes haber decidido casarte tan de repente.

—Sé lo que quiero. No tolero la indecisión en los demás, y menos en mí mismo.

—Mi padre nunca lo aprobará.

—Tu padre está muy ocupado en un proyecto muy complejo en Liberia. En este momento no eres su prioridad.

¿Ese hombre estaba enterado de todo?

—Siempre puedo comunicarme con él.

—¿Y qué le vas a decir? —inquirió al tiempo que tomaba las dos copas que la azafata había llevado en una bandeja y le tendía una a Farrah—. ¿Que te vas a casar conmigo? Seguramente nos felicitaría.

Farrah tragó saliva.

–¿No se te ha pasado por la cabeza que tal vez no desee casarme contigo?

–¿Por qué? En el pasado no pensabas en otra cosa. ¿Recuerdas el día que nos conocimos? –preguntó con un tono grave y seductor–. Fue en la playa, y el sol se elevaba tras las dunas a nuestras espaldas.

¡Cómo no iba a recordar!

Había sido durante su primera mañana en el campamento de Nazaar, situado al borde del desierto y rodeado de mar y arena.

Su padre había ido al país para negociar los términos de un importante proyecto y ella lo había acompañado. Entonces tenía dieciocho años. Todavía lloraba la muerte de su madre que había fallecido hacía seis meses, y todavía intentaba ser la hija que sus padres siempre habían deseado.

Muy temprano esa mañana, había decidido explorar su nuevo hogar…

–Es muy madrugadora, señorita Tyndall –dijo una grave voz masculina a sus espaldas.

Farrah volvió de su ensoñadora contemplación de las dunas rojizas del desierto. Allí, en Nazaar, el mar llegaba hasta las dunas, hasta la orilla misma del desierto inconmensurable. Era un lugar hecho para los sueños y la fantasía, tanto como el hombre que, de pie frente a ella, la miraba con atención. Era muy alto, de amplios hombros, y con los brazos cruzados sobre el pecho la contemplaba con una seguridad tan viril que una leve exclamación sofocada asomó a sus labios.

Él alzó levemente una ceja. Un gesto elocuente que no hizo sino confirmar que había percibido su reacción y Farrah se maldijo a sí misma por ser tan obvia. Aunque cualquier mujer habría reaccionado igual, especialmente una como ella que por las noches soñaba con el amor romántico.

Sus rasgos exóticos le hacían extremadamente apuesto. El orgulloso ángulo de la nariz y mentón y el fiero brillo de sus ojos eran los de un hombre muy afín con la dureza del entorno. Llevaba un atuendo tradicional que realzaba su cuerpo esbelto y atlético. Su talante sofisticado y seguro de sí mismo no correspondía al de un sencillo hombre del desierto.

Una emoción poco familiar se adueñó de ella. ¿Temor? ¿Excitación? Tal vez una mezcla de ambos.

—No es de buena educación mirar fijamente a una persona —observó el hombre con una chispa divertida en sus ojos oscuros.

—¿Cómo sabe mi nombre? Bueno, supongo que es improbable que una mujer occidental pase desapercibida en Nazaar.

Su padre le había informado que era un lugar de negocios y en Tazkash, un rico país petrolífero, los negocios eran responsabilidad de los hombres.

—Creo que usted no podría pasar desapercibida en ningún lugar del mundo, señorita Tyndall.

No fue el cumplido lo que le produjo un cosquilleo en la piel, sino la abierta sensualidad que percibió en su mirada apreciativa.

No era la primera vez que un hombre mostraba

interés por ella, pero nunca de ese modo tan abierto.

Farrah prefería los vestidos discretos, como el que llevaba esa mañana, pero la mirada de esos ojos oscuros hizo que se sintiera desnuda. Para ocultar su turbación, con un amplio ademán de la mano abarcó todo el paisaje.

–Es fabuloso, ¿no le parece? –comentó con una brillante sonrisa–. Parece una inmensa playa…

Farrah enmudeció. Siempre hablaba más de la cuenta cuando se sentía nerviosa. Y cuanto más hablaba, más posibilidades tenía de decir algo incorrecto.

–¿Le gusta nuestro país, señorita Tyndall?

–Bueno, la verdad es que no he visto muchas cosas –confesó con pesadumbre–. Mi padre siempre está demasiado ocupado para acompañarme. Pasa casi todo el día reunido con el Príncipe del Desierto.

–¿Conoce al príncipe?

–No, pero tal vez sea mejor –afirmó al tiempo que se encogía de hombros–. No sabría qué decirle a un príncipe. Mi padre teme que pueda decir algo inconveniente y ofender a alguien. Es un don especial que tengo. No quiero estropearle sus negocios, así que desde que llegamos al país me he mantenido callada y me limito a dar cortos paseos en soledad.

–Eso parece muy aburrido. Tal vez para el príncipe sería una agradable novedad departir con una mujer que dice lo que piensa.

–Bueno, mi padre siempre alega que mi boca se

mueve antes que mi cerebro. La verdad es que la coordinación verbal y mental no es mi fuerte.

Tariq se echó a reír.

–¿Le interesa conocer nuestro país, señorita Tyndall?

–Por supuesto, pero desgraciadamente no es tan sencillo.

–¿Por qué no?

–Porque no me puedo internar en el desierto por mi cuenta.

–Si de verdad lo desea, todo se puede solucionar. ¿Hay algo que le gustaría ver en particular? –preguntó con suavidad. Su voz era grave y ella se preguntó dónde había aprendido a hablar inglés tan correctamente.

–Quisiera visitar el fuerte bizantino de Giga, pero lo que más me gustaría es ir a las Cuevas de Zatua.

–¿Conoce la leyenda de Zatua?

Pensando en ella, Farrah paseó la mirada por el rico y exótico color de las dunas.

–Nadia, una joven de la localidad se enamoró locamente de un hombre y más tarde descubrió que era el sultán que, de incógnito, pasaba un tiempo con su tribu –empezó a narrar–. Él también se enamoró de la joven, pero había un abismo social entre ellos, por tanto decidieron mantener la relación en secreto y optaron por reunirse en las Cuevas de Zatua –dijo al tiempo que se volvía hacia él con los ojos nublados de emoción –. Sin embargo, el sultán no estaba preparado para desafiar las expectativas de su pueblo si se casaba con ella, así que cortó la relación. Nadia quedó tan desolada que se quitó la vida.

Tariq la miró con expresión divertida.

–Creo que la leyenda se ha modificado ligeramente a lo largo de los años. El sultán bien pudo haberla llevado al Harén. No veo por qué tuvieron que vivir su romance en una cueva oscura. Y tampoco entiendo por qué ella se suicidó cuando pudo haber sido la favorita. Pero a los turistas les gusta oír la historia de un romance que acaba en tragedia.

Farrah frunció el ceño.

–Nadia lo amaba. No quería ser sólo su amante, quería ser su esposa. Tal vez se negó a entrar en el Harén.

–Habría sido un gran honor ser la amante del sultán –observó suavemente, con los ojos fijos en el rostro de la joven.

–No creo que sea un gran honor para una mujer compartir la cama solamente. El harén es un lugar dónde sólo se practica el sexo, y…. –alcanzó a decir y se ruborizó, turbada por el humor indulgente que vio en sus ojos–. De acuerdo, tal vez digo disparates…

–Empiezo a comprender la preocupación de su padre, señorita Tyndall.

La joven se mordió el labio al tiempo que se despejaba un mechón de pelo de la cara.

–En realidad no sé en qué consiste el honor de compartir la cama con un hombre esperando el momento en que se canse de una. Es insultante. Una mujer desea mucho más que eso.

–Él era el sultán y no podía casarse con una mujer de clase inferior a la suya, simplemente porque ella no habría sido la esposa adecuada.

–Si estaban enamorados, no habría importado. Por último, el sultán pudo haber abdicado, si eso era lo que les impedía estar juntos.

–¿Y qué hay de la responsabilidad con su pueblo?

–Seguro que su pueblo habría deseado verle feliz.

Se produjo un largo silencio.

–¿Qué edad tiene?

–La semana pasada cumplí dieciocho años. Pero no sé qué tiene que ver con lo que estamos hablando.

–Usted es muy joven y tiene un concepto ingenuo y romántico de la vida. Y del amor. Ojalá que nunca pierda su idealismo, señorita Tyndall.

–¿Usted trabaja para el príncipe? ¿Lo conoce bien?

Un brillo irónico iluminó su mirada.

–Muy bien –respondió. Repentinamente, Farrah se dio cuenta de quién era y cerró los ojos, mortificada–. No se preocupe, a pesar de lo que piensa no ha dicho nada que pueda avergonzarla, ni tampoco a su padre. Encuentro su franqueza inusitadamente estimulante.

Farrah guardó silencio, consciente más que nunca de su ineptitud para alternar con la gente de la alta sociedad. Desde la muerte de su madre había luchado para sentirse más cómoda en el ámbito social en el que tenía que moverse, pero carecía de experiencia en el trato con la realeza.

–Ha venido aquí para negociar con mi padre sobre el oleoducto, ¿no es así? –observó, finalmente–. Su padre, el sultán, no desea su construcción. Prefiere que las cosas se mantengan como siempre han estado, pero el país necesita fomentar su economía.

–Parece experta en la política de Tazkash.

Farrah se mordió el labio y luego le dirigió una leve sonrisa.

–Sería agradable conocer algo más mientras estoy aquí –murmuró.

–Para mí será un honor enseñarle los lugares de interés turístico, señorita Tyndall. Déjelo en mis manos.

Y así fue.

Al amanecer del día siguiente, una doncella se presentó en la tienda con una vestimenta adecuada para viajar, y tras ayudarla a vestirse, la escoltó hasta un todoterreno.

Tras el volante se encontraba el hombre que había conocido en la playa, aunque esa mañana llevaba vaqueros y una camisa abierta en el cuello.

–Espero que haya dormido bien, señorita Tyndall –saludó con una sonrisa.

–¿Usted va a conducir? –preguntó al instalarse junto a él–. Creía que un príncipe siempre estaba rodeado de guardaespaldas.

–Cuando es necesario –repuso enfilando hacia el camino que se adentraba en el desierto–. Tardaremos dos horas en llegar al fuerte de Giga. Allí desayunaremos.

Farrah se volvió hacia él, tan emocionada por la

perspectiva de visitar un lugar histórico que olvidó completamente su decisión de tener cuidado con lo que decía.

–Usted da muchas órdenes, ¿no es así? Un poco como mi padre. También sufre de un exceso de autoritarismo. Siempre le digo que en lugar de dar órdenes se acostumbre a pedir lo que desea.

–Si los negocios se hicieran de esa manera se conseguiría muy poco.

–¡Eso es una tontería! –exclamó al tiempo que se abrochaba el cinturón de seguridad–. A la gente le molesta recibir órdenes.

–¿La estoy molestando, señorita Tyndall?

–No, yo… yo estoy muy contenta de que me enseñe lugares interesantes.

–Intentaré recordar que debo pedir antes de ordenar y usted pondrá más atención a las palabras que salen de su boca –dijo con una sonrisa.

–Ni siquiera sé cómo llamarlo, ¿Su Excelencia?

La mirada del príncipe se posó en la boca de la joven y luego volvió al camino.

–Puedes llamarme Tariq.

Y así fue cómo cambió la vida de Farrah.

Todas las mañanas se vestía rápidamente y luego se acomodaba en el todoterreno, ansiosa por descubrir dónde la llevaría Tariq ese día.

A finales de la primera semana dejó de soñar con Nadia y su sultán y sus noches se llenaron de cálidos sueños eróticos con Tariq, su hombre del desierto.

Cuando el mes llegaba a su fin, se había enamorado de él.

Hablaban de todo y ella se olvidó de no mostrarse tan franca y abierta. Bajo la fascinante mirada oscura de Tariq, reveló todo lo que sentía y pensaba.

Y finalmente, él la llevó a las Cuevas de Zatua.

–Es un extraño lugar para vivir una relación amorosa, ¿verdad? –comentó Tariq con la voz enronquecida mientras se adentraban en la semipenumbra de la caverna.

–Creo que es un lugar terriblemente romántico. Me pregunto si a Nadia le asustaba esperar a su amante en este lugar oscuro y vacío…

–¿Estás asustada? –preguntó con voz aterciopelada y ella se estremeció.

–No.

–¿Entonces por qué estás temblando? –preguntó al tiempo que le tomaba la mano.

Con el corazón latiendo aceleradamente en el pecho, Farrah tragó saliva, consciente de la firmeza de la mano en la suya.

–¿Crees que se reunían en este mismo sitio?

–Éste es el lugar más profundo de la caverna. El único sitio en que podrían haber asegurado la intimidad que necesitaban. Aquí estaban absolutamente solos y ya no eran el sultán y su amante; tan sólo un hombre y una mujer.

–Nadia debió haber sabido que el sultán la iba a rechazar.

–No la rechazó. Le ofreció convertirse en su amante.

–El verdadero amor merece algo más que sexo –protestó Farrah, casi sin aliento.

–El poder del sexo no se debe subestimar, Farrah –dijo al tiempo que la volvía hacia él y luego colocaba las manos sobre sus hombros–. Los sentimientos entre un hombre y una mujer a veces son tan poderosos que trascienden el sentido común. Llegan a ser lo único importante en la vida.

Ella lo miró, conmocionada por la intensidad de las sensaciones que recorrían su cuerpo.

La boca de Tariq estaba peligrosamente próxima a la suya y la joven sintió una desconocida y cálida sensación en el vientre.

Con el pulso acelerado, Farrah alzó la mirada hacia él.

–Tariq –musitó con los ojos cerrados.

Cuando sus labios se encontraron, perdió la capacidad de pensar.

Fue el beso que siempre había soñado.

La boca de Tariq era cálida y exigente mientras ceñía el cuerpo de la joven contra el suyo.

Luego Farrah sintió que le abría el pasador con que se recogía el pelo y que hundía las manos en sus largos cabellos mientras exploraba su boca con erótica pasión.

Los dedos se deslizaron por el cuello y luego rozaron el pezón endurecido de uno de sus pechos.

Farrah sintió el agudo aguijonazo del deseo mientras la boca de Tariq seducía la suya ordenándole una respuesta. Y Farrah le dio lo que pedía. El mundo dejó de existir para ella, anidada en la calidez del deseo que acababa de despertar, dispuesta a darle todo lo que pidiera.

Abrumada por la emoción, le rodeó el cuello con los brazos.

–Te amo –murmuró contra su boca–. Ha sido el mes más hermoso de mi vida.

Tariq alzó la cabeza y sus ojos oscuros escrutaron el rostro de la joven.

–Eres muy joven, *laeela*, y extremadamente hermosa –comentó pensativamente al tiempo que le acariciaba los cabellos–. Me gustas.

–¿De veras?

Farrah intentó ocultar su desilusión.

«Me gustas» no era exactamente «te amo», pero al menos era un comienzo.

Tariq se volvió al oír que llamaban en la entrada de la cueva.

–Desgraciadamente, parece que tendremos que regresar a Nazaar –dijo con los hombros tensos y una chispa de irritación en la mirada–. Se hace tarde y me necesitan.

–¿Por qué no les ordenas que se marchen? –pidió ciñendo su cuerpo contra él.

–Desgraciadamente no es posible –repuso Tariq con un toque de humor en la mirada–. Hay un tiempo para los negocios y un tiempo para el placer. Tenemos que regresar.

Farrah le asió el brazo.

–¿Volveré a verte?

–Confía en mí, *laeela* –murmuró poniendo un dedo en los labios–. Te prometo que estaremos juntos. Y el placer será mucho mayor tras la espera.

Ella no quería esperar, pero al no tener más alternativa, se consoló pensando que él sentía lo mismo que ella.

No cabía duda de que él también la amaba.

Hizo todo el camino de regreso al campamento ensimismada en su ensoñación. Todavía soñaba cuando su padre fue a buscarla a la hora de la cena.

–¡No puedo creer que no me lo dijeras, Farrah!

–¿Decirte qué, papá?

–Que has pasado todos estos días con el príncipe. ¿Pensaste que no merecía la pena contármelo? –preguntó. Ella no lo había hecho porque temía que su padre intentara impedírselo–. El príncipe Tariq bin Omar al-Sharma está absolutamente fuera de tu alcance. No eres su tipo –añadió con el ceño fruncido.

Farra sintió que la inseguridad se apoderaba de ella, pero la ignoró. Su padre no había estado con ellos, no había presenciado lo que habían compartido.

–Estoy enamorada de él y él me ama. Estoy segura de eso, papá.

–Eres una ingenua, hija. El príncipe Tariq es el hombre más codiciado del mundo, asediado por las mujeres.

–Te preguntas qué ha visto en mí, ¿no es verdad?

–La mujer que finalmente capture el corazón del Príncipe del Desierto tendrá que ser hermosa y sofisticada. Te quiero, Farrah. Tal como eres. Ambos sabemos que tu madre intentó hacer de ti algo que no eres y tú cambiaste mucho para complacerla. Pero ella ya no está con nosotros, así que puedes dejar de fingir.

Los ojos de Farrah se llenaron de lágrimas.

–Papá…

El padre negó con la cabeza, con la mirada vacía y fatigada.

–La frivolidad de la vida social no es lo tuyo, Farrah. Tal vez sea para bien. Ese tipo de vida corrompió a tu madre. No podría soportar que también te estropeara a ti.

–No voy a corromperme y tampoco lo hará mi relación con Tariq –rebatió con urgencia. De pronto necesitaba la comprensión de su padre, necesitaba que le diera esperanzas y la apoyara–. Tariq se interesa por la Historia, la cultura, por las cosas que importan.

–Es un príncipe coronado. Se dedica a entretener a los líderes mundiales. Eso también importa.

Farrah pensó en el mes que habían pasado juntos, en sus conversaciones, en las confidencias que habían compartido.

–Sé que él me ama.

–Entonces eres tonta, hija mía –murmuró su padre.

Su padre había tenido razón, pensó Farrah mientras miraba por la ventanilla.

Había sido una tonta.

Durante un breve y bendito tiempo se las ingenió para convencerse a sí misma de que Tariq la amaba y que le iba a proponer matrimonio.

Pero al igual que Nadia y el sultán, él mantuvo sus relaciones en secreto.

Los tiernos momentos que habían compartido

no fueron nada más que una sofisticada seducción por parte de Tariq.

Pero en esos momentos ya sabía exactamente quién era ese hombre.

Estaba claro que se había enterado de su celebridad en las esferas de la alta sociedad y había decidido que finalmente estaba a su altura. Sin embargo, sólo ella sabía que no había cambiado en absoluto. Todavía era la niña que prefería estudiar Historia y montar a caballo en lugar de ir a fiestas y a la peluquería. Aunque no tenía intención de contárselo a Tariq.

Y tampoco la arrolladora atracción sexual que existía entre ambos la volvería a cegar. Al margen de los dictados de su cuerpo, no tenía intención de volver a hacer el idiota por segunda vez.

Capítulo 4

EL AVIÓN aterrizó en el aeropuerto de Tazkash en la madrugada. Poco más tarde, Tariq
y Farrah subieron a una limusina que se in-
ternó por una carretera a través del desierto. Aunque habían pasado cinco años, Farrah reconoció el
camino de inmediato.

–¿Vamos a Nazaar?

En el pasado, había sido un importante centro
comercial en la ruta del incienso.

–¿Qué otro lugar podría ser más adecuado para
reanudar nuestras relaciones?

Exasperada, Farrah se volvió a él. Había dormi-
tado un poco, pero se sentía cansada y confusa y
Tariq era el último hombre con el que quería estar
en ese momento.

–No quiero reanudar nuestra relación, Tariq. ¡Y
no quiero ir allí!

–Nazaar es hermoso. Siempre dijiste que te encantaba –replicó, imperturbable.

–Sí, me encantó; pero eso no significa que
ahora quiera volver. Lo único que deseo es regresar a casa –replicó al tiempo que pensaba en su
empleo en la escuela de equitación. Odiaba la idea
de abandonar a las personas que la necesitaban–.
Tengo compromisos en Inglaterra.

–¿Más bailes de caridad para aparecer casi desnuda en una presentación de modelos? –inquirió con una mirada sardónica–. Si te aflige perder la oportunidad de desfilar en las pasarelas, puedes vestirte y desvestirte para mí. Te aseguro que seré un espectador muy atento. Y además, te encantará saber que vas a disponer de un armario lleno de vestidos que servirán para distraerte.

–Es posible que tamaña generosidad haya sido suficiente para garantizar tu éxito con todas las mujeres del planeta –replicó con fingida dulzura–. Pero no funciona conmigo.

–No creo que éste sea el momento adecuado para hablar de nuestras experiencias pasadas.

–Yo no tengo un pasado. Lo bueno de haber mantenido una relación a tan temprana edad con un tipo como tú es que fue una lección imposible de olvidar.

–Pierdes el tiempo si intentas sugerir que has vivido como una monja desde nuestro último encuentro. Nadie que te haya visto en una pasarela con un bañador como el que luciste esta noche te acusaría de inocencia sexual, *laeela*.

Con el ceño fruncido, Farrah se dio cuenta de que era víctima de su propia estratagema.

–Tariq…

–Déjalo ya –ordenó con una chispa amenazante en los ojos oscuros–. Soy lo suficientemente moderno para aceptar que tienes un pasado, pero no estoy dispuesto a hablar de ello.

–No hay nada moderno en ti, Tariq. Te quedaste estancado en la Edad de Piedra. Y en lo que se refiere a las mujeres, te aseguro que la mentalidad de un camello es más avanzada que la tuya.

–Veo que aún no eres capaz de superar la incontrolable necesidad de verbalizar todos los pensamientos que pasan por tu cabeza –observó amablemente.

Farrah apretó los dientes.

–En mi país las mujeres tienen derecho a hablar.

–En el mío también, sólo que las que tienen sentido común aprenden a medir sus palabras. Deberías intentarlo alguna vez.

–Si no te gusta mi modo de ser, hay una solución muy sencilla. Llévame de vuelta al aeropuerto.

Tariq le lanzó una mirada divertida.

–Me gusta cómo eres –dijo con suavidad–. Si no fuera así, no me casaría contigo.

–¡No te casarás conmigo! Ya te dije que no va a funcionar, así que llévame al aeropuerto antes de que vuelva a trastornar tu vida.

–Dejemos de discutir, Farrah. Necesitamos pasar un tiempo juntos antes de la boda. Por eso iremos a Nazaar y no a mi palacio de Fallouk. Así tendremos tiempo de reanudar nuestra relación sin interferencias de los demás.

–¿Reanudar la relación? Nunca me conociste, Tariq. ¡Y no necesito unas vacaciones contigo! Tengo cosas que hacer. Debo… –Farrah se paró en seco al darse cuenta de que había estado a punto de confesar que tenía un trabajo estable. Pero ese secreto nunca lo compartiría con un hombre que le había hecho tanto daño. No le importaba que pensara que no era más que una mujer frívola adicta a las fiestas–. Tengo mi vida en Inglaterra.

Él la miró con expresión divertida.

–Cuando seas mi esposa, tendrás muchas oportunidades de ir lujosamente ataviada a las numerosas reuniones sociales a las que tendremos que asistir.

–¿Eso es todo lo que deseas de tu esposa?

No había cambiado. Todavía pensaba en una esposa como un objeto decorativo, se dijo la joven al tiempo que luchaba por no mostrar el desprecio que sentía en ese momento.

Tariq volvió el rostro para ocultar su mirada y se encogió de hombros.

–Necesito una reina que sepa comportarse en sociedad, que sepa alternar y divertir a los invitados. Es importante elegir a alguien que conozca su trabajo y que esté a la altura de las circunstancias.

¿Trabajo? ¿Cómo podía ser tan poco romántico?

–¿Y de pronto has decidido que yo soy la mujer adecuada? –preguntó con sarcasmo.

–Has aprendido a desenvolverte en público.

Ruborizada, Farrah recordó que la última vez que habían estado juntos se había comportado de modo muy inconveniente.

–Te avergonzabas de mostrarme en público.

–Ya no es así. Esta vez estarás junto a mí cuando regresemos a Fallouk.

Farrah se puso rígida al oír esa palabra.

–No quiero ir a Fallouk. Odio esa ciudad.

–Es la capital del país. No hace falta recordarte que mi residencia oficial se encuentra allí.

La frialdad con que se expresaba le recordó que Tariq bin Omar al-Sharma había nacido príncipe y moriría como tal. Cinco años atrás se había enamorado del hombre que creía que era. Pero se equivocó.

—En tu palacio todo es política e intrigas. Francamente tengo cosas mejores que hacer en lugar de vigilar mis espaldas todo el tiempo.

—Había olvidado que tiendes a dramatizar. Siempre que un grupo de personas se reúne se hace política. Es parte del rico tapiz de la vida. Y pecas de ingenua al esperar otra cosa.

—La atmósfera del palacio me parece sofocante.

—¿Por qué las mujeres sois tan contradictorias? Te ofrezco un palacio donde podrás lucirte ataviada como una princesa, y sin embargo me miras como si prometiera mantenerte prisionera en un calabozo sin pan ni agua.

Ella pensó que sería mejor vivir en una prisión que pasar una hora en compañía de las tías y primos del sultán Tariq.

—Bueno, puede ser que no me conozcas tan bien como dices. Nunca te tomaste la molestia de preguntar qué cosas me interesaban. Nunca supiste lo que me gustaba y lo que me disgustaba. Seamos sinceros, ¿quieres? Lo único que te interesaba era el sexo.

Tariq estudió su rostro cuidadosamente.

—Eres una mujer extremadamente hermosa. Ahora me queda claro que eras demasiado joven para vivir una pasión tan explosiva. Interpretaste mal tus propios sentimientos, pero eso suele suceder.

Era un hombre tan cínico respecto a las mujeres que no había sido capaz de darse cuenta de la verdad. No valía la pena intentar explicarle que los hombres que se habían acercado a ella primero lo habían hecho por dinero y más tarde por su físico.

Le había costado convencerse de que Tariq tampoco se había interesado realmente en ella. Su conversación y aparente interés habían sido una parte de su técnica de seducción.

–Bueno, no importa lo que opine sobre tu palacio, porque no voy a ir allí. Quiero que ordenes a tus hombres que me lleven al aeropuerto ahora mismo –dijo con fría decisión.

Tariq le dirigió una mirada benévola.

–Es natural que te haya sorprendido mi oferta de matrimonio. Necesitas tiempo para acostumbrarte a la idea e intento darte ese tiempo. No habrá boda hasta que estés segura.

–¡No habrá boda! Y no cambiaré de opinión aunque me lleves a Nazaar –replicó con los dientes apretados y una mirada llameante–. Podríamos pasar juntos un siglo entero, Tariq, y todavía insistiría en no casarme contigo.

–En un tiempo no muy lejano era lo único que deseabas, sin embargo.

Era humillante el modo en que conocía sus secretos más íntimos.

–Eso fue antes de darme cuenta de la clase de bastardo que eres.

–Como ya te he dicho, ten cuidado, Farrah. Mi paciencia es limitada y nunca has aprendido el arte de la diplomacia. Tu deseo de impresionar y flirtear arriesgadamente no avalan tu buen crédito.

–Eso te demuestra que no sería una esposa adecuada para ti. Así que haz lo que te digo, Tariq.

–Al contrario, he decidido que tienes todas las cualidades que necesito en una esposa.

–¿Quieres casarte con una mujer escandalosa? –preguntó con el corazón martilleándole en el pecho.

–No dejo de admirar una cierta independencia de espíritu. El fuego y la pasión siempre son buenos incentivos en la cama –replicó con una sonrisa.

–El único lugar donde la mujer cumple alguna función, según tu criterio. Cuida de no apropiarte de más de lo que puedas manejar, Tariq –le advirtió con el rostro ardiendo al tiempo que apartaba la vista de él.

–Nunca he tenido problemas para manejar a una mujer.

–Sí, has tenido una práctica más que suficiente –murmuró, incapaz de ocultar su dolor.

–No tienes por qué sentirte celosa. No olvides que es contigo con quien me voy a casar.

–No estoy celosa, Tariq. Uno siente celos cuando le interesa una persona y tú no me interesas para nada.

Su movimiento fue rápido y llegó sin aviso. Con despiadada decisión y fuerza masculina, la echó hacia atrás en el asiento y se apoderó de su boca con tal pasión que el grito ahogado de Farrah se transformó al instante en un suspiro de aceptación.

Una ola ardiente recorrió el interior de la joven

y cada centímetro de su cuerpo tembloroso gritó de deseo.

Farrah sintió su peso y el muslo poderoso entre sus piernas mientras la presionaba con su cuerpo y con el calor de su boca. Entonces notó su excitada virilidad y arqueó el cuerpo para unirse a él. Ardía de deseo y anhelaba más y más. El corazón le latía atropelladamente y sus sentidos le exigían que hiciera algo para aliviar la tensión de la pelvis. La frustración y la anticipación la impulsaban a moverse contra el cuerpo de Tariq, una invitación instintiva, enteramente femenina.

Entonces apartó la boca y murmuró su nombre al tiempo que le rodeaba el cuello con los brazos mientras la punta de la lengua dibujaba el firme mentón masculino.

La lengua de Tariq se introdujo entre sus labios entreabiertos al tiempo que deslizaba una mano por la cadera de la joven para ceñirla más a él.

Con un grito ahogado, Farrah lo envolvió con sus piernas, pero al sentir que la fina tela de seda del pantalón todavía los separaba, dejó escapar un sollozo de frustración.

Entonces extendió una mano para acariciarlo, pero él se separó de su boca y de los dedos que intentaban explorar su cuerpo. Con los ojos brillantes de deseo en su rostro increíblemente apuesto, la miró con el ceño fruncido.

—Éste no es el momento oportuno…

—Tariq…

—Calma, pronto te entregarás a mí y ambos disfrutaremos. Pero ese momento aún no ha llegado

–dijo al tiempo que se reclinaba en el asiento intentando relajarse.

Dividida entre la frustración y la humillación, Farrah se arregló la ropa y esperó que desapareciera el rubor de las mejillas antes de volverse a él.

Los exóticos rasgos angulosos no revelaban la menor emoción, como si el tórrido encuentro no le hubiera afectado en absoluto. Por contraste, la joven sentía los labios hinchados y ardientes. Todo su cuerpo sufría los efectos del erótico interludio.

–¿Por qué lo hiciste? –preguntó con la voz enronquecida.

Tariq se volvió a ella con una mirada ligeramente burlona.

–Porque sabes que nos une algo muy poderoso, pero insistes en negarlo. Eres una mujer compleja. Por una parte eres muy sincera, pero cuando se trata de nuestra relación, disfrutas engañándote a ti misma. Quise probar algo y lo conseguí. Cuando decida que es el momento oportuno, irás a mi cama gustosamente.

–Tendrías que arrastrarme –dijo alejándose de él.

–Creo que ambos sabemos que no será necesario –replicó con una sonrisa.

–¿Te han dicho alguna vez que tienes un ego muy desarrollado?

–No, sólo es un sano aprecio por mis logros y habilidades. Al contrario de los ingleses, no considero el éxito como algo desagradable.

Y había tenido un enorme éxito.

Educado en Eton, Cambridge y Harvard, había

asumido el gobierno del país tras el infarto de su padre, el Sultán. Todo el mundo coincidía en que gracias a su excepcional talento para los negocios, el país, rico en petróleo, había alcanzado un período de paz y prosperidad.

Farrah se mordió el labio.

–¿A qué se debe tu repentina necesidad de casarte?

–Ha llegado la hora de elegir una esposa.

–¡Qué anticuado eres! Nadie se casa por motivos de oportunidad, la gente se casa por amor. Aunque de eso no sabes nada, Tariq. Y ahora dime, ¿por qué me has elegido? No soy tan estúpida para creer que te interesas por mí.

–Eso no es cierto, me interesas mucho. Los lazos que nos unen son muy fuertes. Estaremos bien juntos. Y ambos lo sabemos.

–No es verdad, sería una pesadilla.

Tariq esbozó una sonrisa.

–¿Todavía eres tan ingenua para no reconocer la química poderosa entre un hombre y una mujer?

Algo oscuro y peligroso se apoderó de ella. La tentación. Una deliciosa tentación. Sí, reconocía la química. Y por esa misma razón sabía que tenía que alejarse de él.

–Nunca podría ser feliz contigo, Tariq.

–Te equivocas, y creo habértelo probado.

–Vuelves a hablar de sexo y se supone que el matrimonio es algo más que eso. Por primera vez en tu vida tendrás que aceptar una negativa, Tariq.

Farrah se reclinó en el asiento, todavía aturdida y confusa por el beso, y exhausta tras las largas horas expuesta a su autocrática y fuerte personalidad. Nunca podría haber momentos apacibles con Tariq, pensó desesperada mientras intentaba dominar las sensaciones que todavía recorrían su cuerpo sensibilizado y vulnerable.

Nada había cambiado. Sólo tenía que tocarla para que perdiera la cordura. Sin embargo, ya sabía que sólo era una reacción física. Y cuando se alejara de él, esa sensación en el vientre desaparecería por completo y podría olvidarlo.

Sí, tenía que marcharse de allí.

Como estaba claro que no la llevaría al aeropuerto, habría que encontrar otra manera de volver a casa.

Aunque el aeropuerto no era una opción, porque la detendrían en el momento en que apareciera por allí.

No, tendría que salir a Kazban, el país vecino. Nazaar se encontraba a menos de cuatro horas de la frontera. Si pudiera llegar, al menos tendría una posibilidad de volver a casa.

Farrah contempló las dunas mientras el sol se elevaba por el horizonte y su luz jugueteaba con la arena de tonalidades marrón, amarillo y naranja creando diseños extraños y fascinantes.

–Se aproxima una tormenta. Las predicciones meteorológicas dicen que se dejará caer en las próximas veinticuatro horas –dijo Tariq.

Farrah nunca había presenciado una tormenta, aunque sabía que podía ser muy peligrosa porque oscurecía los caminos, reducía la visibilidad a cero y convertía el desierto en una trampa mortal.

No podría viajar en medio de una tormenta, aunque, por otra parte, ¿quién se atrevería a seguirla o siquiera notar su ausencia en esas condiciones?

Seguro que se podría realizar el viaje en un todoterreno con navegación por satélite.

—¿Has estado en el desierto en medio de una tormenta? —preguntó con interés.

—Desde luego. Conozco el desierto tan bien como la ciudad. Puedo asegurarte, que lejos de ser romántica, es una experiencia que hay que evitar. Afortunadamente contamos con equipos sofisticados que pueden predecir el tiempo con bastante exactitud, lo que nos permite tomar las medidas necesarias. Nadie se aventuraría a internarse por el desierto en medio de una tormenta.

Nadie, salvo una mujer desesperada, pensó Farrah.

Sí, estaba decidida a conseguir un todoterreno, cruzar la frontera y regresar a su hogar.

Y Su Alteza Real, el sultán Tariq bin Omar al-Sharma tendría que buscarse otra novia.

Mujeres.

¿Por qué siempre tenían que ser tan complejas e incomprensibles?

Exasperado, Tariq se paseaba por la tienda, sus cabellos oscuros todavía mojados tras la ducha.

Estaba claro que ella correspondía a su ardiente deseo y, sin embargo, insistía en su ridícula decisión de no casarse con él.

El matrimonio era lo que Farrah siempre había deseado. Como todas las mujeres.

El pasado todavía estaba vivo en ellos. Hacía cinco años se había negado a proponerle matrimonio y no cabía duda que había herido su orgullo.

Sí, estaba jugando su juego, pero desgraciadamente para ella, Tariq conocía muy bien el juego de las mujeres. Y Farrah no era diferente a las demás.

Desde luego que en condiciones ideales no la habría elegido como esposa, pero dado lo que obtendría con esa unión, se sentía más que preparado para el sacrificio, especialmente en esos momentos en que se había vuelto a familiarizar con sus encantos.

Con una sonrisa, Tariq recordó la respuesta desinhibida de Farrah en la limusina. Sí, sabía exactamente lo que tenía que hacer y en Nazaar tendría todas las oportunidades para conseguir lo que quería.

Capítulo 5

CANSADA por el viaje y enfadada con Tariq, Farrah siguió a las criadas a la tienda dispuesta para ella.

Mientras la conducían entre pliegues de lona de color crema y mullidas alfombras, su rabia comenzó a disiparse.

La estancia era deliciosa, exótica y ricamente decorada. Un sueño oriental.

La inmensa cama, adornada con un baldaquín de telas transparentes, estaba cubierta de sedas y terciopelos con muchos cojines mullidos que invitaban al reposo y a la intimidad. Junto a la cama había una mesa baja cubierta de libros selectos.

Se avecinaba la tormenta. Fuera, el viento silbaba con fuerza y Farrah pudo oír el débil arañazo de la arena en la lona de la tienda.

Ansiosa por descansar mientras fuera posible, despidió a las criadas, se tendió en la cama y de inmediato se quedó dormida.

Cuando despertó se sentía mucho más relajada.

—Su Alteza Real le envía sus disculpas. Tiene

que atender unos negocios urgentes y no podrá comer con usted. Pero dice que la acompañará a la hora de la cena –informó una bonita joven con una tímida sonrisa.

No, no cenarían juntos porque ya no se encontraría allí, pensó Farrah. A la hora de la cena estaría en el aeropuerto del vecino Kazban negociando su pasaje de vuelta a Londres.

No tenía hambre, pero era importante que comiera algo. Iba a necesitar toda su energía, y además tendría que llevar algo de comida para el viaje.

–No importa. Comeré aquí. Tengo sed, ¿podría traerme más agua, por favor?

El agua era vital. Nadie en su sano juicio se arriesgaría a cruzar el desierto sin una provisión de agua.

Durante el almuerzo se las arregló para guardar la comida y el agua que necesitaba. Y luego no tuvo más que esperar que las criadas la dejaran sola en la tienda.

Aunque se había levantado el viento, Farrah comprobó que aún no había signos de la anunciada tormenta mientras se dirigía al estacionamiento de los vehículos bajo la luz del sol.

Con el corazón acelerado, se acercó a un todoterreno que tenía la llave puesta. Entonces abrió la puerta y se instaló tras el volante.

Temerosa de que la descubrieran, puso en marcha el motor y enfiló rápidamente hacia la carretera.

Más tarde, Farrah conducía con los ojos fijos en el camino polvoriento que la llevaría a la frontera con Kazban, el país vecino. Y a la seguridad.

—La señorita Tyndall se ha marchado, Su Excelencia.

—¿Marchado?

Hasim lo miró con la expresión de un hombre que preferiría estar en cualquier otro lugar.

—Parece que partió al desierto en un todoterreno que sacó del estacionamiento. Viaja sola. Es más que probable que la proposición de matrimonio no le hubiera emocionado tanto como aseguraste.

Por primera vez en su vida de adulto, Tariq se quedó sin palabras y presa de una nueva emoción. La sorpresa. Y también conmoción. Nunca antes una mujer había decidido alejarse de él. Siempre había sido al contrario.

No se le había pasado por la mente que ella pudiera hacer algo así para poner distancia entre ellos. Con el ceño fruncido, tuvo que reconocer que había interpretado muy mal la situación.

Sin embargo, ¿cómo era posible ese rechazo cuando se sentía tan fuertemente atraída hacia él?

Tariq intentó recordar las conversaciones que habían sostenido en el pasado, y al fin se detuvo ante una palabra. Amor. ¿Es que no recordaba que una vez ella había insistido en que no la amaba? ¿Era eso lo que le impedía aceptarlo como marido?

Con sorprendente claridad, comprendió el

punto de vista de la joven y se maldijo por su propia estupidez y falta de visión.

A los dieciocho años, Farrah Tyndall había sido una romántica soñadora y era indudable que nada había cambiado. Siempre había amado la leyenda de Nadia y su Sultán.

Tariq volvió a maldecirse al recordar que le había propuesto matrimonio sin el menor adorno romántico. Sabía demasiado bien que algunas mujeres necesitaban embellecer sus relaciones sentimentales con muchas emociones, y Farrah era una de ellas.

¿Cómo pudo haber cometido tamaño error? Después de todo, no era más que un asunto de negocios y él era un experto en la materia.

Entonces se aseguró a sí mismo que la situación no era irreversible, siempre y cuando la encontrara antes de que cayera en un agujero de arena o volcara el vehículo.

Al pensarlo, un escalofrío le recorrió la espalda. Repentinamente, la necesidad de alcanzarla antes de que sufriera un accidente se volvió acuciante.

–¿Cuál es la previsión del tiempo? –preguntó a su consejero.

–Las previsiones no son buenas, Excelencia. El viento sopla con mucha fuerza.

–De todos modos es lo mismo porque la señorita Tyndall no sabe conducir en un terreno arenoso. Ni siquiera con buen tiempo.

–Voy a organizar una partida de rescate.

–No, yo mismo iré a buscarla.

«Y espero que piense que ha sido un gesto muy romántico por mi parte», pensó con irritación.

Hasim no ocultó su consternación.

–No es una buena idea…

–Mis planes respecto a Farrah Tyndall no inclu-yen su muerte en el desierto –replicó con un duro rictus en la boca–. Iré en helicóptero.

–Sé que te apasionan los deportes de alto riesgo, Excelencia, pero es muy arriesgado volar en estas condiciones y…

–La vida no siempre es segura. Hace muchas horas que partió, así que será la única manera de alcanzarla.

–Si insistes en volar, por lo menos hazlo acom-pañado –insistió Hasim.

–No deseo arriesgar más vidas en la empresa. Con suerte, podré encontrarla antes de que sufra un accidente irreparable. Y si no es así…

Entonces tendría mucho tiempo para lamentar haber subestimado a la heredera de los Tyndall.

Farrah tardó menos de una hora en admitir que había sido una estupidez aventurarse sola en el de-sierto. El camino muy pronto desapareció bajo la arena y se vio obligada a confiar en el aparato de orientación con el que no estaba familiarizada.

Aferrada al volante, Farrah intentó subir una duna bastante empinada. Si lograba llegar a la cima, tal vez podría ver la carretera. Entonces apretó el acelerador, pero el todoterreno quedó atascado en el montículo. Automáticamente, giró a la derecha y las ruedas terminaron por hundirse del todo en la suavidad de la arena.

Incapaz de mover el vehículo, se reclinó en el asiento repitiéndose que tenía que conservar la calma. Pero era muy difícil lograrlo con el viento que empezaba a arreciar, la noche que se le caía encima y la imposibilidad de salir del agujero en que estaba metida.

Farrah bajó del vehículo con la intención de buscar algo para meter bajo los neumáticos, y entonces vio el helicóptero. Como un amenazante insecto negro sobrevoló las dunas en dirección al vehículo y luego se posó en una explanada polvorienta. Envuelto en una nube de arena, el piloto saltó de la máquina y Farrah reconoció de inmediato el cuerpo ágil y musculoso del hombre que se acercaba a ella.

Era Tariq.

Con el corazón acelerado, se preguntó qué era peor, si perderse en el desierto o volver a Nazaar con el hombre del que había intentado escapar.

Farrah alzó la barbilla al verlo junto a ella.

—No voy a volver contigo.

Con la túnica revoloteando al viento él la miró con severidad.

—Reconozco que he cometido muchos errores contigo, pero no es momento para discusiones. ¿Olvidaste que habían anunciado una tormenta?

—No —respondió al tiempo que se despejaba un mechón de la cara—. No lo había olvidado, pero pensé que no me seguirías en medio de una tormenta.

La confesión de la joven lo dejó perplejo.

—¿Tanto aborreces mi proposición de matrimonio?

—En mi país las personas suelen casarse por amor, Tariq, y nosotros no estamos enamorados. No te quiero en mi vida. Ya lo intenté en el pasado y no funcionó —repuso mientras el viento impregnado de arena le azotaba la cara y alborotaba sus cabellos. Farrah intentó protegerse con los brazos.

Con suave firmeza, Tariq le cubrió la nariz y la boca con una bufanda de seda.

—Esto ayudará. Tenemos que salir de aquí mientras aún sea posible. Más tarde podremos hablar.

—No voy a volver contigo, Tariq.

Él la miró con incredulidad mientras se defendía del azote del viento.

—¿Prefieres quedarte aquí, aun a riesgo de morir?

—Sí, no puedo soportar que me intimides con tu tiranía.

Tariq le lanzó una mirada exasperada.

—Te doy mi palabra que yo mismo te llevaré a Londres si lo deseas, después de nuestra conversación. ¿Te parece bien?

—¿Y si es una mentira?

—¿Te atreves a cuestionar mi palabra?

El viento silbaba en los oídos de la joven y, a pesar de la bufanda, la arena se le pegaba a los ojos y se introducía en su cuerpo a través de la ropa. Repentinamente, Farrah se dio cuenta del peligro que corrían.

—De acuerdo. Vamos al helicóptero.

—No podremos. Las condiciones son demasiado

peligrosas. La visibilidad se reduce cada vez más y no podré despegar. Tendremos que ir en el todoterreno.

Ella le dirigió una mirada culpable.

–Tenemos un problema. Justamente había bajado del vehículo para ver cómo podía sacarlo de la arena.

Tariq miró los pies de la joven.

–¿Llevas sandalias? Esto no es Londres, *laeela*. ¿No sabes que en el desierto abundan las serpientes y escorpiones?

Muy asustada, tuvo que reconocer que no había pensado más que en la manera de escapar de él.

–El vehículo se ha atascado –dijo.

–Entonces tendremos que sacarlo como sea.

Farrah miró a su alrededor.

–¿Dónde están tus guardaespaldas?

–Nadie se atrevería a acercarse aquí con una tormenta como la que se nos viene encima.

–Pero tú te atreviste a pilotar el helicóptero.

–Soy responsable de ti. No puedo permitir que otros arriesguen su vida para salvar la tuya.

Farrah no pudo ocultar su sorpresa. ¿Había ido a buscarla solo?

Tariq se cubrió la boca y luego se sentó tras el volante y echó a andar el motor.

Con los ojos clavados en las fuertes manos que maniobraban el volante con seguridad y confianza, Farrah pensó que la maniobra sería fácil para él.

–Fue una tontería intentar conducir en estas condiciones. Nunca habría podido salir de estas dunas por mí misma –reconoció cuando el todoterreno finalmente ascendió hasta la cima del montículo–. Pero tú haces que no parezca tan difícil.

–No olvides que nací aquí.

–Tariq, ahora no podrás bajar por la ladera, es muy empinada.

–¿Tienes miedo? –preguntó al tiempo que la miraba divertido–. Agárrate bien –añadió, desafiante.

Concentrado en el volante, no se volvió a mirarla, pero ella notó su sonrisa mientras maniobraba el vehículo con seguridad y maestría.

Finalmente pudieron descender por la ladera y de pronto ella percibió que los neumáticos rodaban en una superficie bastante más sólida.

–Lo has logrado, Tariq.

Él le dirigió una sonrisa traviesa.

–Lo hice muchas veces cuando era más joven.

–Entonces no me sorprende –dijo al tiempo que miraba por la ventanilla–. La tormenta está empeorando.

–Estamos a menos de veinte minutos de Nazaar. Así que ya puedes relajarte, *laeela*.

–Eso no es posible. He conducido más de dos horas.

–En círculos. Te habías perdido –dijo con los ojos clavados en la carretera.

Ella estudió su fuerte y apuesto perfil y se preguntó si alguna vez Tariq había sufrido una crisis de inseguridad en su vida.

–¿Cómo podías saberlo si no estabas allí?

–Porque el vehículo está equipado con un aparato de búsqueda. Por eso supe exactamente dónde te encontrabas.

–¿Por qué me has elegido a mí? ¿Por qué de repente has decidido que quieres casarte? –preguntó, impulsivamente.

–Porque es lo que hay que hacer –respondió mientras detenía el vehículo en medio de una nube de arena. Inmediatamente un grupo de gente se acercó a ellos–. Más tarde cenaremos juntos y podremos conversar con tranquilidad.

Con cierta incomodidad, Farrah notó el alivio del personal cuando comprobaron que había vuelto sana y salva.

Más tarde, aceptó dócilmente el baño de esencias y un masaje antes de ir a su lujosa habitación.

Una joven llamada Yasmina la ayudó a vestirse y Farrah, exhausta por las emociones, no se resistió cuando la joven empezó a peinarla.

–Tiene unos cabellos maravillosos. Es fácil adivinar por qué Su Alteza pidió que se los dejara sueltos.

Farrah sintió que explotaba por dentro, pero finalmente decidió que había tenido demasiadas confrontaciones ese día.

Minutos después, Yasmina le enseñó un vestido largo de una finísima seda en diferentes tonos de verde y azul que se mezclaban como los colores de las plumas de un pavo real.

Yasmina la contempló con admiración cuando le hubo puesto el vestido.

–Es un regalo extremadamente generoso de Su Alteza. Una muestra de su aprecio hacia usted –murmuró–. Está muy hermosa, tanto como para seducir a un sultán.

Con el ceño fruncido, Farrah se puso unas finas sandalias con tiras de piel.

No quería seducir a nadie. Lo único que deseaba era volver a casa. Y al picadero con los caballos.

Tariq se paseaba de arriba abajo en la tienda, ajeno a los sirvientes que desplegaban exquisitos platos en una mesa baja.

Farrah quería vivir un romance y en ese momento, gracias a una súbita inspiración, había puesto a trabajar a un enjambre de servidores para que nada quedara al azar. Sí, habían logrado crear un ambiente íntimo y muy romántico.

Cuando el susurro del vestido de seda anunció la presencia de la joven, Tariq se volvió a ella con una sonrisa confiada. Pero la sonrisa se heló en sus labios cuando la vio entrar en la estancia. Algo peligroso y poco familiar se apoderó de él y, por unos instantes, olvidó que intentaba casarse con ella por motivos estrictamente mercantiles.

Su aspecto era el de una mujer hecha para tentar a un hombre. Alguien que podía apoderarse de él hasta borrar de su mente cualquier pensamiento coherente.

La larga melena rubia brillaba bajo las temblorosas luces de una profusión de velas que su personal había puesto en la tienda según sus instrucciones.

«Exquisita», pensó al tiempo que sentía en su cuerpo una puñalada de lujuria.

Tariq desvió la mirada de la boca femenina pensando que antes de llevarla a la cama tendría que salvar todas las barreras que le impedían el paso hacia su objetivo.

Y ya había dado el primero. Se había vestido con elegancia. Los próximos pasos eran los cumplidos y las joyas.

—Estás muy hermosa —dijo con suavidad al tiempo que alcanzaba una caja de terciopelo azul que minutos antes alguien le había entregado—. Tengo algo para ti. Creo que te gustará.

Cuando Farrah la abrió, Tariq felicitó mentalmente a su personal por el excelente gusto que habían demostrado en la elección del regalo. El collar de diamantes era verdaderamente exquisito. Preparado para recibir la efusiva gratitud femenina que la joya merecía, con un ademán despidió a los sirvientes. Sin embargo, para su consternación Farrah cerró la caja y la guardó en su bolso.

—Gracias.

—¿No te lo vas a poner?

—Posiblemente. Depende de la ocasión. Es un regalo un poco exagerado para una cena en una tienda en pleno desierto. Si te soy sincera, las joyas no van con mi estilo.

—Los diamantes son apropiados para el estilo de cualquier mujer —comentó, desolado.

—Pero yo no soy cualquier mujer —afirmó con una sonrisa compasiva antes de acomodarse gra-

ciosamente en los cojines–. Lamento ser tan difícil.
Estoy segura de que la mayoría de tus conquistas
habrían caído rendidas a tus pies en este momento.
Un vestido precioso, velas, diamantes... sí, el éxito
asegurado.

Por el tono de su voz, Tariq comprendió que se
perdía algo crucial y buscó la inspiración en su cerebro.

–Son las cosas que importan a las mujeres.

La sonrisa se borró de los labios de la joven.

–No –replicó al tiempo que lo miraba a los
ojos–. Son las cosas que importan a las mujeres
con las que te relacionas, Tariq. No es lo mismo.
No soy como ellas, aunque tú insistes en pensar lo
contrario. Siempre ha sido tu error.

–Yo no cometo errores.

–Cometes muchos errores, por eso decidí inter-
narme en el desierto. No estamos en la misma lon-
gitud de onda. Tengo muy claro que nunca llegarás
a comprenderme.

–Eres una mujer que vive para ataviarse y…

–Eso es lo que crees.

–Supongo que tienes un padre rico que puede
comprarte todos los diamantes que quieras.

–Sí –respondió mientras tomaba un dátil y se lo
llevaba a la boca–. Pero no necesito diamantes, Tariq. ¿No has pensado alguna vez que en realidad tú
y yo somos muy parecidos? –preguntó mientras se
chupaba los dedos. Tariq sintió al instante la tensión que se apoderaba de su cuerpo.

–¿Cómo?

–Nacimos con la suficiente riqueza e influencia

como para no confiar del todo en los motivos de las otras personas.

–No sé qué quieres decir –repuso, intentando ignorar su excitación.

–Probablemente, no. Y ése siempre ha sido tu problema –manifestó mientras alcanzaba otro dátil y se lo llevaba a la boca–. En realidad no te interesa lo que las mujeres piensen sobre ti, porque siempre te relacionas con ellas en un solo nivel. No tienes la menor idea de quién soy yo, ni de lo que quiero y nunca te has tomado la molestia de averiguarlo. Lo que verdaderamente te interesa es el sexo.

¿Y quién podía culparlo?

Con los ojos fijos en su boca, Tariq observó que disfrutaba con lenta sensualidad de lo que comía. Nunca había visto a una mujer que lo hiciera con tanto regocijo. Todas las que había conocido parecían considerar la comida como una desagradable obligación social y una amenaza a su figura. Al ver que Farrah se chupaba los dedos, no cabía duda de que su actitud respecto a los alimentos era totalmente diferente. Carente de las inhibiciones características de su género, estudiaba cada plato con entusiasmo y disfrutaba de las delicias que ofrecía el país.

Atenazado por el deseo de ella, Tariq cambió el giro de la conversación.

–¿Por qué siempre tendrías que sospechar de los motivos de las personas?

–Porque me vi obligada a aprender a desconfiar. Y sospecho de tus motivos, Tariq. No tiene sentido que quieras casarte conmigo.

Con la sensación de que su cuerpo iba a estallar,

de pronto sintió que su vida tenía un solo propósito. Deseaba a Farrah Tyndall sólo para él. ¿Y qué mejor manera de garantizar la exclusividad que casándose con ella?

Sí, ningún hombre podría contemplarla como él la veía en ese momento, maravillosamente hermosa. Sus rubios cabellos estaban esparcidos sobre los cojines y la delicada seda del vestido realzaba las curvas de su cuerpo sorprendente. Por primera vez en su vida cayó en la cuenta de que el matrimonio también tenía sus beneficios. Sí, ella sería suya, en cuerpo y alma, pensó Tariq con total olvido del verdadero propósito de esa boda. Todos los pensamientos mercantiles se habían borrado de su mente.

–Seríamos una buena pareja. ¿Me vas a castigar por haber sido más lento que tú en reconocer lo que hubo entre nosotros?

–¿Intentas decir que has pasado cinco años sufriendo por mí? –preguntó con fingido sarcasmo.

–No eras la mujer más adecuada como esposa, pero te confieso que ninguna me ha impactado tanto como tú.

Tariq quedó conmocionado al comprobar que la segunda parte de su afirmación no era sino la verdad.

–Bueno, si hace cinco años no era la mujer más adecuada para ser tu esposa, ¿qué ha cambiado ahora?

–Tal vez yo he cambiado –murmuró Tariq al tiempo que le tomaba la mano–. Ya no deseo contraer matrimonio por razones políticas.

De hecho, no habría estado dispuesto a casarse si no hubiera contado con la posibilidad de pedir el divorcio tras cuarenta días y cuarenta noches de matrimonio.

–¿Y qué pensaría tu familia?

–Mi familia debe aceptar mi decisión. Tú eres la mujer que he elegido, y con eso basta –declaró al tiempo que pensaba que los miembros más antiguos de la familia habían sido informados que había planeado la boda sólo para beneficiar a su país.

–Estoy segura de que me recibirán con los brazos abiertos –comentó con ironía mientras retiraba la mano y recogía las piernas en un gesto defensivo–. Tus primos, tíos y tías,… ninguno me quería ver junto a ti, Tariq. Me consideraban una amenaza e hicieron lo imposible para que mi estancia en palacio fuera lo más desdichada posible.

–Porque fuiste la primera mujer que me interesó de verdad. Se sentían amenazados a causa de tu conducta desinhibida y tu aspecto deslumbrante.

Y también por sus antecedentes.

La reputación de Sylvia Tyndall y su muerte habían suscitado de tal modo la atención de la prensa que era inevitable que observaran a la hija con mirada sospechosa.

Farrah alzó la barbilla.

–Hace cinco años lo habría creído, pero tú me enseñaste a no ser ingenua. Me enseñaste que las acciones que emprendemos tienen una razón. Y yo quiero saber cuál es la tuya.

–Una vez fuimos buenos amigos. Dame la oportunidad de probarte que podemos volver a serlo, que podríamos estar bien juntos. Dos semanas es todo lo que te pido. Si después de esos quince días todavía deseas volver a casa, yo me encargaré de que lo hagas. Tienes mi palabra.

Aunque si todo marchaba bien, en seis semanas se tendría que marchar definitivamente dejándole con el control de la empresa de su padre, pensó Tariq.

Farrah se mordió el labio.

−¿Y qué haremos en esas dos semanas?

−Todas las cosas con las que disfrutaste en tu primera visita. Si eso te ayuda, piensa que has decidido tomarte unas vacaciones.

Ella lo miró con expresión vacilante.

−No lo creo. Lo último que necesito son unas vacaciones.

−Tal vez las necesitas. Sé que te hice sufrir. Y también sé que nunca has vuelto a tener una relación con otro hombre, ¿no es verdad? −preguntó suavemente.

Los ojos de Farrah se agrandaron de sorpresa.

−¿Cómo lo sabes? ¿Has hecho que me siguieran?

Tariq tomó nota de que tendría que destruir el archivo de la vida de la joven que guardaba bajo llave en su escritorio en el palacio de Fallouk.

−No, pero todavía llevas mi anillo. Y lo llevas porque el tiempo que pasamos juntos fue muy especial. Y ahora, lo menos que puedes hacer es permitir que nos demos la oportunidad de ver qué podría haber sucedido entre nosotros.

Sus miradas se encontraron y él percibió la tensión que surgía entre ellos, la indecisión de la joven mientras su mente luchaba entre el sentido común y su fuerte atracción hacia él.

–No puedo desaparecer de Londres sin avisar a nadie. Tengo que hacer algunas llamadas telefónicas. Nadie esperaba que me tomara unas vacaciones –murmuró, finalmente.

Al comprobar que había ganado la batalla, Tariq hizo un gesto de asentimiento.

–Desde luego que sí –dijo, dispuesto a hacer pequeñas concesiones para que ella se sintiera en paz con su decisión.

Debía de estar loca.

¿Por qué no había insistido en que la pusiera en un avión de regreso a su país?, pensó Farrah más tarde en su habitación mientras marcaba el número de la escuela de equitación donde trabajaba. Tras explicar que se ausentaría un par de semanas, llamó a sus amigas y les dijo que estaría de viaje por unos días.

Tal vez un tiempo junto a él era lo que necesitaba para alejarlo de su mente de una vez por todas. Cuando pudiera comprobar que entre ellos no había nada en común, sería más fácil marcharse para siempre. Entonces volvería a casa. Y no habría más sultanes en su vida.

Capítulo 6

TODOS los días salían a explorar el desierto. Con el talento de un buen profesor, Tariq le enseñó a conducir por las dunas y luego le permitió tomar el volante.

—¿Te interesan los animales salvajes? —preguntó una mañana, en pleno desierto.

—¿Serpientes y escorpiones? —preguntó ella mientras conducía con la mirada fija en el camino.

—No, esta vez, tengo algo diferente para ti. ¡Mira! —dijo al tiempo que hacía un gesto para que Farrah apagara el motor. Luego, con un brazo sobre sus hombros, le indicó un montículo de arena. Estaba tan cerca, que ella sintió su aroma masculino y apenas pudo respirar—. ¿Qué ves?

—Oh, Tariq… —murmuró con asombro. El animal se quedó inmóvil, con los inmensos ojos fijos, como si presintiera el peligro. Aunque estaban dentro del vehículo, Farrah comentó en un susurro—. Es maravilloso. ¿Qué es?

—Un tipo de gacela. Fueron víctimas de los cazadores hasta el punto de quedar en peligro de extinción. Ahora la zona está protegida y las gacelas se están recuperando, tenemos muchos más ejemplares.

Fascinada, Farrah contempló a la hermosa criatura.

–¿Una zona protegida? A mí me parece que estamos en el desierto, el paisaje no ha cambiado.

–Desde luego que es el desierto, sólo que en esta zona hemos restringido el paso de vehículos porque dañan la vegetación y son una amenaza para los animales. Tazkash cuenta con varias reservas como ésta.

Ella se volvió a mirarlo y contuvo el aliento. Inclinado para contemplar mejor al animal, la cabeza de Tariq estaba junto a la de ella.

–Ignoraba tu interés por la conservación ambiental.

Él le lanzó una mirada ligeramente burlona.

–Como sueles decir, todavía nos quedan muchas cosas que descubrir el uno del otro –manifestó con la mirada fija en la boca de la joven–. Custodiar este país es mi responsabilidad. Parte de mi trabajo consiste en proteger nuestro patrimonio para las futuras generaciones, y eso incluye la protección de la fauna. Mi responsabilidad es impedir que el país progrese a costa de nuestra herencia. La preservación de nuestra cultura es muy importante y debo encontrar el modo de tender un puente entre el pasado y el futuro en favor de nuestro pueblo. El petróleo no será eternamente nuestra principal fuente presupuestaria, así que necesitamos encontrar caminos alternativos para generar nuevos ingresos.

–Verdaderamente te preocupas por tu pueblo –comentó la joven.

–Desde luego. Últimamente hemos estado haciendo exploraciones en busca de manantiales subterráneos con el propósito de desarrollar sistemas de irrigación.

Fascinada, Farrah escuchaba con atención mientras Tariq enumeraba los diversos proyectos puestos en marcha a fin de facilitar la dura vida de los habitantes del país. Luego hizo muchas preguntas y añadió sus propios comentarios.

La conversación continuó durante los días siguientes. Se tornó más compleja y estimulante. A menudo se prolongaba hasta altas horas de la noche mientras cenaban a la luz y al calor de un buen fuego.

Tariq le enseñó a conocer las estrellas tal como sus antepasados lo había hecho, y también a conocer las señales de cambios climáticos.

–Te gusta el desierto, ¿no es verdad? –comentó Farrah, con los ojos fijos en el apuesto rostro bronceado a la luz del fuego.

Tariq asintió.

–En el desierto la vida es simple –comentó mientras lanzaba unas astillas que crujieron en contacto con las llamas–. Si me hubieran dado a elegir, habría optado por esta vida. Me gusta estar aquí.

Farrah ocultó su sorpresa. Siempre había creído que Tariq disfrutaba de la lujosa pompa palaciega en Fallouk. No se le había ocurrido pensar que, al igual que ella, lo hiciera por cumplir con una obligación impuesta.

–Puedo comprenderlo –dijo suavemente al

tiempo que se acomodaba en los cojines y alfombras en torno al fuego–. Me encanta la vida en el desierto, el contacto directo con la naturaleza.

–Aunque ya debes de estar aburrida. No tienes que fingir conmigo –observó con una mirada divertida–. Eres joven y muy hermosa. Seguro que empiezas a añorar tus fiestas. Aquí en el desierto no se presentan oportunidades para ataviarse como sueles hacerlo.

Parte de ella quería confesarle la verdad. Confesar que odiaba las constantes recepciones sociales, vacías de contenido. Pero un hombre como él esperaba que una mujer cumpliera ese cometido. Él necesitaba a alguien como su madre. ¿Se arriesgaría a dejarle ver lo que había bajo el brillo de los oropeles? ¿Se atrevería a confiarle sus más recónditos secretos? No. Una confesión como ésa la haría demasiado vulnerable.

–El desierto tiene muchos encantos –declaró, finalmente–. Y no toda la vida consiste en asistir a fiestas, aunque echo de menos a mis amistades, desde luego. Tengo unos cuantos amigos de la infancia y sólo confío en ellos. He aprendido a desconfiar de los extraños. ¿Y tú? ¿Hay alguien en quien confíes verdaderamente, Tariq? –preguntó volviéndose hacia él.

No se le escapó la tensión de sus amplios hombros.

Cuando finalmente respondió, lo hizo en calma:

–No. Pero ése es el precio que tengo que pagar debido a mi posición.

Ella no podía imaginar la vida sin amigos.

–Es un precio muy alto.

–No para mí. Nunca he tenido necesidad de confiar en la gente.

–Todos necesitamos a alguien –rebatió con suavidad–. Lo mejor que puede sucedernos en la vida es que nos quieran por lo que realmente somos. Es lo único que importa. El resto no es auténtico, como por ejemplo el dinero y un estilo de vida refinado.

Ella lo sabía mejor que nadie. Había sido testigo de la destrucción de su madre, seducida por el vacío del glamur.

–Pensé que te encantaban los oropeles y las luces brillantes.

La joven se dio cuenta al instante de lo mucho que se había traicionado.

–Sí –repuso apresuradamente–, pero también hay otras cosas importantes… –Farrah dejó de hablar y Tariq alzó una ceja interrogativa.

–Por tanto…. –empezó en un tono bajo y persuasivo, los ojos brillantes al resplandor del fuego–. ¿Qué más te interesa, Farrah Tyndall?

Durante unos segundos, ella pensó en los niños con los que trabajaba, en su empleo en la escuela de equitación y en el hecho de que nadie sabía quién era en realidad. En ese ambiente, su identidad y su dinero no importaban para nada. Pero esa otra vida era su última defensa. Tenía que mantenerla oculta de él.

–Bueno, yo… Sí, las obras benéficas, esa clase de cosas –dijo con intencionada vaguedad.

Los ojos de Tariq la escrutaron unos segundos.

–En Tazkash también puedes dedicarte a las obras de caridad, si es lo que deseas. De hecho, es lo que se espera de ti si te conviertes en mi esposa.

El corazón le dio un salto. Durante esas dos semanas su cercanía había sido una deliciosa tortura. Sin embargo, él no la había tocado. Ni una sola vez. Ésa era la primera vez que mencionaba la palabra matrimonio desde su intento de escapar de Nazaar.

–¿Tu esposa? –murmuró estremecida, con los ojos cerrados.

A pesar de sus mejores intenciones y de todo lo que había sucedido en el pasado, había vuelto a enamorarse de él. Lo había dejado entrar en su corazón.

Farrah abrió los ojos y lo miró. Entonces se dio cuenta de que no estaba enamorada del sultán, ni de su posición social. Como Nadia, se había enamorado del hombre que se revelaba como era sólo en el desierto.

–Acordamos no hablar de ello en estas dos semanas. El plazo se acaba mañana. Hasta entonces se prohíbe tocar el tema.

Ella lo observó con cierta inseguridad. ¿Volvería a proponerle matrimonio? ¿Todavía la deseaba? ¿O esas dos semanas habían terminado de convencerlo de que no era la esposa adecuada para él? Repentinamente sintió la necesidad de cambiar de tema.

–¿Tus padres solían traerte aquí cuando eras pequeño?

Tariq se puso tenso.

–No. Mi madre amaba la vida de palacio. Habría preferido morir antes de pasar un tiempo en el desierto. Necesitaba la civilización como el aire para respirar.

Era la primera vez que mencionaba a su madre y que hablaba de algo personal. Tal vez se debía a la oscuridad de la noche o tal vez a la intimidad de la conversación, pero de improviso, y por primera vez, ella se sintió muy próxima a él.

–¿Y tu padre?

–Mi padre estaba ocupado en los asuntos de Estado.

–Pero tú no eras más que un niño. Debió haberte dedicado algo de su tiempo.

La expresión de Tariq era impenetrable.

–Criar un niño no formaba parte de sus deberes.

–¿Y jugar contigo? ¿Leerte un cuento? –preguntó mientras pensaba en la cantidad de horas que se había divertido junto a su padre cuando era una niña–. Seguro que habréis compartido algunos momentos.

–Mi padre dedicaba unas horas semanales a prepararme para asumir el gobierno del país en el futuro.

–Eso suena a una infancia muy solitaria, ¿no es así? –comentó con simpatía pensando en lo que se había perdido.

–Al contrario –rebatió con una risa amarga–. La soledad habría sido una bendición. Desde que nací, he estado rodeado de gente. Tuve tres niñeras, varios tutores y un equipo de guardaespaldas que vigilaban hasta el menor de mis movimientos. Estar solo nunca fue más que un sueño para mí.

–Aun rodeado de gente uno puede sentirse solo –observó Farrah, con calma–. Si las personas que nos rodean no nos quieren ni nos comprenden, uno puede estar muy solo.

–¿Hablas por experiencia?

Farrah se mordió un labio pensando en la forma de enmendar su error.

–No, mi padre trabajaba mucho, desde luego, pero mi madre siempre estaba cerca de mí –dijo, finalmente.

–¿Estás muy unida a tu padre?

–Es mi héroe –respondió con sencillez al tiempo que acercaba las manos al fuego–. A pesar de los errores de mi madre, él la adoraba y nunca encontró otra mujer que significara lo mismo para él. Me educó en la creencia de que existía el gran amor y que nunca debía conformarme con algo de menor calidad.

–Un punto de vista muy romántico –comentó inexpresivamente.

–Sí, mis padres vivieron ese gran amor –convino la joven con calma–. Cuéntame cómo llegaste hasta el desierto. Si tus padres no lo hicieron, ¿quién te trajo hasta aquí?

Él alzó la vista y la contempló un largo instante.

–Cuando tenía siete años, uno de mis tutores decidió que necesitaba ampliar mi educación, conocer a fondo mis raíces y a mi pueblo. Y me trajo a Nazaar.

–Y te encantó.

–Claro que sí –convino al tiempo que le llenaba la copa–. Voy a utilizar una de tus expresiones más románticas para decir que fue un amor a primera vista.

Ella alzó una ceja.

–Una sensiblería, ¿no?

–Tal vez –dijo con una sonrisa tan encantadora que ella sintió mariposas en el estómago–. Culpemos a las estrellas.

Ambos elevaron la vista al cielo. Las estrellas titilaban como pequeños puntos brillantes en la inmensa bóveda oscura.

–¿Tus padres se querían? ¿Eran felices juntos?

Él vaciló un instante.

–Temo que mi respuesta destrozará tus románticas ilusiones. Fueron extremadamente infelices. Por eso no se veían casi nunca. El suyo fue un matrimonio pactado por conveniencias políticas.

–Entonces no me extraña que no creas en el amor.

–¿Cómo sabes que no creo en el amor?

–Nadia y el Sultán. Cuando hablamos de ellos estuviste en completo desacuerdo. Eres un hombre práctico, y ahora entiendo por qué.

–Puede que no crea que el matrimonio sea la única forma de expresar una pasión verdadera.

–Volvemos al tema del sexo –comentó sonriendo con ironía.

–Lo separas tajantemente del amor romántico. ¿No sabes que el sexo puede ser una auténtica expresión de amor?

Sí que lo sabía. Aunque no se hubieran tocado

en esas dos semanas, la pasión siempre estaba entre ellos. Nunca pensó que fuera posible desear a un hombre como lo deseaba a él. De pronto supo que si la tocaba no podría oponer resistencia. Él era el elegido. El hombre que siempre amaría.

Y algo había cambiado en esas dos semanas. Tariq gradualmente se abría a ella. Empezaba a confiarle aspectos de sí mismo que había mantenido cuidadosamente ocultos. ¿Lo haría si no sintiera nada por ella? ¿Si todo lo que le importara fuera el aspecto sexual de la relación?

—¿Dónde iremos mañana?

—A las Cuevas de Zatua —respondió sin vacilar, con la mirada fija en su rostro.

¿Era coincidencia que hubiera elegido ese lugar para el último día de aquellas dos semanas?

Farrah ya no sabía qué deseaba. Su resolución de alejarse de él se había debilitado por la creciente intimidad y la pasión insatisfecha que aumentaba según pasaban los días.

Sin embargo, tenía que decidirse, porque un hombre como él no estaba preparado para esperar demasiado tiempo.

Cuando Farrah se hubo retirado a su tienda, Tariq se quedó junto al fuego.

¿Qué le ocurría?

Desde la infancia le habían enseñado a contener y ocultar sus emociones. Entonces, ¿por qué había pasado una larga velada contando a Farrah cosas que ignoraban hasta sus más íntimos consejeros? Incluso había hablado de su madre, algo que nunca había hecho en su vida.

Y tampoco la había tocado en esos días pese a no estar acostumbrado al celibato.

Sin embargo, lo más extraño de todo era que había disfrutado de su compañía. Farrah había demostrado ser una mujer sorprendentemente inteligente y bien informada. Aunque tuvo que reconocer que, dadas las circunstancias, estaba claro que ella volvería a su frívola vida de siempre.

Al día siguiente partieron en dirección a las Cuevas de Zatua a la hora de almuerzo.

Durante el trayecto Farrah guardó silencio largo rato, penosamente consciente de la tensión entre ellos. ¿Por qué no podía dejar de pensar en el sexo cada vez que lo miraba? Tenía muchos amigos varones, pero nunca lo hacía cuando estaba con ellos.

La atracción que sentía hacia él se estaba convirtiendo en algo intolerable. Deseaba deslizar las manos a través de esos brillantes cabellos oscuros, acariciarle el mentón y hundir los dientes en el hombro musculoso. Deseaba quitarle la ropa y verlo desnudo.

Y ése era el último día.

¿Cuándo iba a pedir su respuesta?

¿Y cuál iba a ser su decisión?

Mientras se aproximaban a las cuevas, Farrah pensó en Nadia.

Antes de entrar, Tariq le tomó la mano con firmeza.

–Vamos –ordenó.

Y ella lo siguió a la entrada del laberinto de cuevas.

Decenas de velas iluminaban la primera caverna y el suelo estaba cubierto de alfombras. Tariq miró a su alrededor con satisfacción.

Todo se había hecho exactamente según sus instrucciones.

Al oír la exclamación mezcla de deleite y confusión que Farrah dejó escapar, supo que su esfuerzo producía la respuesta deseada.

—¡Qué hermoso! ¿Quién ha hecho esto?

—Yo. Intento demostrarte que tambíen soy capaz de un gesto romántico —dijo como si se burlara de sí mismo—. Siempre te han gustado estas cavernas. Significan mucho para ti, por eso decidí traerte aquí para hacerte la pregunta que ha rondado nuestras mentes durante las dos últimas semanas. Cásate conmigo, Farrah.

—Más parece una orden que una petición —observó ella, casi sin aliento al tiempo que le ponía una mano en el pecho.

—Quiero que seas mi esposa. He tenido paciencia todos estos días. Y ahora necesito oír tu respuesta. Si es afirmativa, te casarás conmigo aquí mismo.

—¿Una boda en las Cuevas de Zatua? ¿Ahora? —preguntó, consternada.

—¿Qué mejor lugar que éste donde Nadia y su sultán descubrieron su amor y donde nosotros descubrimos lo que sentíamos el uno por el otro?

El silencio reflexivo que siguió a sus palabras no fue lo que esperaba y, sorprendentemente, Tariq sintió algo parecido al pánico. Entonces le rodeó la cintura con un brazo y la atrajo hacia su cuerpo.

—Di que sí. Y dilo rápido, porque mi paciencia se agota —ordenó.

—¿Qué clase de paciencia es ésa? Pienso que cada vez que quieres algo te limitas a dar una orden y tus deseos se cumplen de inmediato.

—Porque sé lo que quiero e intento conseguirlo. ¿Qué tiene de malo? —declaró alzando la cabeza con arrogancia—. Te quiero en mi cama y en mi vida. He demostrado una gran paciencia. Ninguna mujer me ha hecho esperar así como tú lo has hecho.

Ella alzó una ceja.

—Tal vez el hecho de aprender a esperar ha sido bueno para tu desarrollo emocional.

—Mis emociones gozan de excelente salud, gracias —gruñó al tiempo que le besaba el cuello. Olía de maravilla—. Te agradecería que me dieras una respuesta cuando estés en disposición de hacerlo. Y asegúrate de que sea en menos de tres segundos.

—Me siento como si estuviera en la cima de una duna de arena. No sé si retroceder o seguir adelante, a riesgo de una caída —confesó con suavidad.

—El peligro es lo que convierte a la vida en un precioso milagro, *laeela*.

—Antes de responder, necesito hacerte una pregunta, Tariq. Y necesito una respuesta sincera.

—Te escucho —dijo, a la defensiva.

—¿Por qué quieres casarte conmigo?

Tariq se relajó al instante.

–La respuesta es muy sencilla. Eres hermosa y una buena compañía. Disfruto conversando contigo y me diviertes. Incluso me gusta tu modo de hablar sin restricciones.

–Acabas de describir una buena amistad, Tariq. Tiene que haber algo más que amistad entre nosotros.

–Sí, existe una asombrosa atracción entre nosotros –dijo al tiempo que deslizaba las manos hasta los redondos glúteos de la joven.

Con las manos sobre su pecho, lo empujó suavemente para mantenerlo a distancia.

–Eso es sexo, Tariq. Hasta aquí has mencionado la amistad y el sexo. No son razones para contraer matrimonio. Falta el ingrediente más importante.

Tariq sintió que sonaban las alarmas en su mente y el pánico se apoderó de él. Estaba claro que ella quería oírle decir: «Te amo». Dos palabras que había evitado toda su vida.

Tras aspirar una gran bocanada de aire, se mordió el labio.

–Yo… –murmuró al tiempo que se pasaba la mano por la nuca.

Farrah le rodeó el cuello con los brazos y rió suavemente.

–Sólo dos palabras, Tariq. ¿Tan difícil es para ti? –preguntó. Al notar su rigidez, se puso de puntillas y le besó la mejilla–. Nunca antes has dicho esas palabras, ¿no es así, Tariq? –inquirió. Él negó con la cabeza. Pero la joven sonreía. ¿Por qué?–.

Sé que me amas, aunque voy a necesitar oírlas con frecuencia. Así que tendrás que empezar a practicar. Sí, me casaré contigo.

¿Farrah sabía que la amaba? Pero, ¿cómo podía saberlo?

Tan ocupado estaba preguntándose qué le había hecho pensar que estaba enamorado de ella, que tardó un instante en caer en la cuenta de que le había dado la respuesta que esperaba.

–¿Te casarás conmigo? ¿Has dicho que sí? –preguntó, finalmente.

El placer que experimentó le causó sorpresa e inquietud. Y de pronto recordó que el matrimonio era la conclusión de un negocio importante para él. Desde luego que tenía razones para sentirse complacido. Sería el dueño de la empresa del padre y al fin se podría realizar el proyecto del oleoducto. El futuro de Tazkash estaba asegurado.

–He dicho que sí porque veo que al fin me comprendes – respondió suavemente, con una expresión soñadora–. No has organizado una boda fastuosa con cientos de aburridos invitados. Has hecho esto –añadió al tiempo que indicaba la cueva iluminada–. Y es lo más romántico que pudiste haber hecho. Se trata de nosotros y de nadie más. Algo entre tú y yo solamente. Por eso sé que me amas.

–Farrah…

Tariq sonrió, ligeramente asombrado de su interpretación sobre lo que él consideraba un elaborado plan estratégico y nada más.

–Y como te conozco –lo interrumpió–, sé que

en este momento tus servidores esperan una llamada tuya.

—¿Cómo lo sabes?

—Porque nada escapa a tu control y sé que no lo
habrías hecho sin antes haber organizado hasta el
último detalle.

Tariq encontró vagamente desconcertante que
alguien lo conociera tan bien. Farrah resultaba ser
una mujer inquietantemente penetrante.

—Tienes razón.

—¿Has pensado en un vestido especial o he de
casarme con este pantalón vaquero?

—Yasmina te ha traído un vestido.

—Muy bien —dijo antes de besarlo—. Entonces,
adelante.

Capítulo 7

ATAVIADA con su vestido de boda, Farrah intentó recordar otro momento de su vida en el que se hubiera sentido más feliz.

Acababa de casarse con el hombre amado en un lugar que siempre había sido especial para ella. Y había sido increíblemente romántico.

Habían pronunciado los votos matrimoniales ante los escasos testigos presentes y él le había puesto el anillo de boda.

Rebosante de felicidad, se volvió a Tariq y lo abrazó estrechamente.

—Te quiero tanto —exclamó, pero al instante lo sintió rígido en sus brazos—. Te sientes incómodo cuando te abrazo, ¿no es así? —preguntó con inseguridad.

—No, puedes hacerlo cuando quieras. Entiendo que las mujeres necesitan más afecto que los hombres.

—No creo que sea cierto. Lo que pasa es que a los hombres a veces les incomoda expresar sus emociones.

Farrah decidió que le haría cambiar a fuerza de cariño.

Tariq la estudió con una curiosa expresión en la mirada.

–Nunca he conocido a alguien como tú. Eres muy cariñosa, no ocultas tu personalidad. A decir verdad, eres transparente.

Farrah se sintió culpable, consciente de que ocultaba una gran parte de su personalidad.

Tan acostumbrada estaba a no mostrarse como era en realidad, que lo que enseñaba se había convertido en una segunda naturaleza para ella. Y aun en esos momentos de tanta felicidad no se sentía capaz de sincerarse con él.

Aunque tampoco había prisa. Tariq necesitaba una esposa preparada para actuar en sociedad. No hacía falta confesarle que ése no era su pasatiempo favorito. ¿No se había acercado a ella por segunda vez porque había demostrado su capacidad para desenvolverse en las esferas sociales que él frecuentaba?

–Creo que también es importante expresar el amor con palabras –observó sonriendo.

Y, aunque un tanto desilusionada por la incapacidad de Tariq para decirle que la quería, Farrah decidió apartar el detalle de su mente. Después de todo lo que le había contado sobre su infancia, no le sorprendía su dificultad para manifestar sus emociones.

El sol empezaba a ocultarse tras las dunas cuando sirvieron la cena. Farrah no tenía apetito. Sentía mariposas en el estómago, totalmente consciente de la cercanía de Tariq, sentado en una alfombra junto a ella. Entonces él llenó un plato con toda clase de exquisiteces y se lo tendió.

—No comes nada, *laeela* —le reprochó más tarde, en un tono grave y seductor—. ¿Has perdido el apetito?

Farrah fue consciente de las sensaciones de su cuerpo al notar su mirada cargada de sensualidad.

—No tengo hambre de comida —murmuró con una sonrisa temblorosa.

No estaban solos, pero era como si lo estuvieran, tan discreta era la presencia de los sirvientes que los rodeaban.

Tariq despidió al personal con un imperioso ademán.

—¿Por qué los has despedido? —preguntó sorprendida al ver que los sirvientes se dirigían a los vehículos—. Tenemos que volver al campamento.

—No esta noche. Nos quedaremos en las cuevas. Como Nadia y su Sultán —dijo al tiempo que le soltaba los cabellos—. Estoy más que dispuesto a complacer tus fantasías románticas.

—Tariq…

Entonces él la llevó de la mano hasta la segunda cueva a través de una estrecha galería entre las rocas. Estaba profusamente iluminada con velas y sobre las alfombras habían puesto almohadones y mantas de terciopelo. El ambiente era íntimo y seductor.

—¡Qué maravilla! —exclamó mirando a su alrededor—. ¿Tú organizaste todo esto?

—Por supuesto. Recordé que la primera vez que estuvimos aquí te atemorizó la oscuridad. Y ahora basta de charla. Durante dos semanas no hemos hecho otra cosa que hablar –dijo al tiempo que la abrazaba–. ¿Sabes cuánto he tenido que esperar para desvestirte?

Farrah sintió que los nervios le mordían el estómago.

–¿Te has casado conmigo sólo para desvestirme?

–Habría hecho cualquier cosa para ganarme el derecho de quitarte la ropa –confesó, rodeando las caderas con el brazo.

Ella sintió que le flaqueaban las piernas.

–¿Vamos a apagar las velas?

–No, quiero contemplar tu cuerpo –dijo con la voz enronquecida al tiempo que sus labios se deslizaban por el cuello de la joven–. Quiero ver tu cara cuando hagamos el amor.

Temblando y casi sin aliento, Farrah se dijo que no importaba que Tariq aún no fuera capaz de decir las palabras que tanto deseaba oír. Se había casado con ella en una ceremonia llena de gestos románticos. Sí, le había demostrado que la amaba. Y eso era suficiente. Finalmente había encontrado un hombre que la quería por sí misma y no por su dinero ni por la influencia de su padre. Ella le enseñaría a sentirse cómodo con sus emociones.

–No me has tocado en todos estos días.

–Porque no quise que me acusaras de que te deseaba para mí sólo por el sexo –susurró con la boca sobre la de ella–. Me he dado tantas duchas frías que mi personal empieza a dudar de mi cordura.

Dime, ¿qué crees que hizo el Sultán a continuación? –preguntó mientras le acariciaba los cabellos, su hambrienta mirada fija en el rostro de la joven.

–Espero que haya empezado a desnudarla lentamente –susurró ella, con el corazón acelerado.

Tariq alzó una ceja.

–¿Lentamente? –inquirió con una mirada sardónica al tiempo que daba un paso atrás. Luego
buscó entre su ropa, sacó una daga y con un movimiento rápido y preciso cortó la tela del vestido
desde el cuello hasta la cintura.

La finísima seda blanca cayó a los pies de la joven.

–Tariq… –exclamó, ahogada por la sorpresa.

Él apartó la daga y se encogió de hombros.

–Está claro que no soy tan paciente como tu
Sultán de la leyenda –confesó con una expresión
abrumada, más divertida que sincera–. En lo que
se refiere a ti, no puedo hacer nada con lentitud.
He esperado este momento durante cinco años y
me parece que ya es suficiente.

Sus ojos brillaban de deseo y ella contuvo la
respiración.

Tras quitarse la ropa con su acostumbrada arrogancia, la tomó en brazos y la tendió suavemente
sobre los cojines, sus ojos fijos en los de ella.

–Por fin eres mía.

Sus palabras fueron una clara declaración pose-
siva y ella dejó escapar un suspiro de anhelo.

–Bésame –murmuró contra la boca masculina–.
Por favor, bésame.

Y él lo hizo.

–Voy a descubrir cada centímetro de tu cuerpo –susurró antes de recorrer con la boca y la lengua la piel de la joven, como un íntimo preludio erótico de lo que sucedería a continuación.

Farrah se sintió al borde de un peligro, de algo que cambiaría su vida para siempre e instintivamente le rodeó el cuello con los brazos en busca de protección.

Tariq la cubrió con su cuerpo delgado y poderoso mientras se posesionaba de su boca. Su beso era posesivo y urgente. Casi sin aliento, ella notó el calor de su cuerpo y se arqueó involuntariamente mientras él alzaba la cabeza para contemplar sus pechos.

La caricia de la punta de la lengua en el pezón de un pecho envió una corriente de sensaciones hasta la pelvis y ella se ciñó a él para suavizar el dolor que se adueñaba de su cuerpo totalmente desnudo.

Tariq besó y acarició todo su cuerpo, excepto donde ella más anhelaba. Farrah se removió bajo el peso de Tariq con una dolorosa necesidad, casi intolerable.

¿Tenía idea de lo que le estaba haciendo?

En ese mismo instante, Tariq alzó la cabeza y ella notó el brillo satisfecho de sus ojos. Sí, lo sabía.

–Tariq, por favor…

Farrah olvidó sus inhibiciones, y su mano acarició la íntima virilidad del hombre. Con un estremecimiento de excitación, sintió en sus dedos el poder de la excitación masculina. Entonces los dedos de Tariq por fin acariciaron su sedoso y húmedo secreto. Sus dedos se movían con hábil sabiduría hasta que la mente de la joven quedó vacía de todo pensamiento, centrada sólo en su desesperada necesidad de él. Las piernas de Farrah rodearon la cintura de Tariq y él la alzó con las manos bajo sus caderas.

–Mírame –ordenó con urgencia y ella lo miró con conmocionado abandono mientras él penetraba en su cuerpo y quedaban unidos de la manera más íntima que era posible.

Ante la fuerza de la embestida, el cuerpo de la joven instintivamente se puso rígido. Tariq se detuvo y la miró.

–¿Farrah?

–¡No pares! No te detengas ahora.

Y Tariq volvió a moverse dentro de su cuerpo, aunque con más suavidad.

Una ardiente sensación de placer estalló en su interior y Farrah dejó escapar un gritó ahogado que él malinterpretó.

–No quiero hacerte daño –murmuró, con extraña inseguridad.

–No, no me haces daño. Yo quiero… necesito… –Farrah cerró los ojos, incapaz de expresar con palabras qué era lo que deseaba, pero con la esperanza de que él lo comprendiera.

Y él lo hizo.

Mientras Tariq se movía con un ritmo cada vez más rápido, ella comenzó a sentir una sensación tan salvaje que no pudo evitar gritar su nombre, y ambos alcanzaron la plenitud del clímax. La sensación fue tan intensa que Farrah se aferró a él como si fuera el único que pudiera salvarla de la locura. Tal vez Tariq sintió lo mismo, porque sin apartarse, la estrechó con fuerza entre sus brazos.

Tariq yacía en la oscuridad con Farrah abrazada a su cuerpo. La cabeza de la joven reposaba en su pecho, un mechón de cabellos rubios sobre el brazo masculino y las piernas enlazadas con las de él. Al oír su respiración acompasada, Tariq supo que dormía.

Tras la relación sexual más increíble de su vida, tuvo que volver a evaluar casi todos sus prejuicios respecto al matrimonio. Conmocionado, descubrió que en realidad le gustaba la idea de que ella le perteneciera por completo. Y la sorpresa más grande fue el descubrimiento de que Farrah era virgen.

El hecho de saber que había sido el primer y único hombre en experimentar la seductora pasión de Farrah Tyndall, le hizo sonreír satisfecho, pero la sonrisa desapareció al recordar que el matrimonio tenía un plazo estipulado y que después ella dispondría de libertad para relacionarse con cualquier otro hombre. El mero pensamiento de imaginarla con otro fue insoportable para su instinto posesivo. No, no la iba a compartir con otro hombre.

Entonces tuvo que enfrentarse a una situación

imprevista. Había aceptado la idea del matrimonio precisamente porque sería breve. Pero no se le había ocurrido pensar que tal vez no querría divorciarse.

¿A qué se debía ese cambio? Farrah no tenía vocación para ser una buena esposa. Era superficial, caprichosa y sus prioridades eran erróneas. Estaba seguro de que por más que intentara persuadirles, su gente no podría cobrar afecto a una mujer como ella.

Y sin embargo, ¿por qué tendría que poner fin a algo que le había producido el placer más intenso de su vida?

Tariq decidió que la solución era sencilla. No se divorciaría de ella.

En lugar de tomar el control total de la empresa, se asociaría con Harrison Tyndall y juntos realizarían la construcción del oleoducto. No dudaba que al haberse casado con Farrah, Tyndall no se opondría a reanudar las negociaciones y Farrah nunca tendría que saber cuál había sido la verdadera razón de su boda con ella.

Era una mujer sorprendentemente inteligente y se había adaptado muy bien a la vida del desierto, aunque siempre quedaba el problema de su desafortunada inclinación por la vida social. Sí, tendría que mantenerla alejada de los bailes con fines benéficos y de los desfiles de modelos. Todo lo que tenía que hacer era rodearla de acompañantes que la vigilaran estrechamente cuando él no pudiera hacerlo por sí mismo.

Una vez solucionado ese problema, Farrah podría ser una esposa estable y su plan de divorcio
quedaría enterrado para siempre.

Farrah despertó. Su cuerpo, un tanto dolorido,
sentía una deliciosa tibieza y al instante fue consciente de encontrarse entre los brazos de Tariq.

Los recuerdos de la intimidad de la noche ante-
rior tiñeron de rubor sus mejillas y alzó la cabeza
con una tímida sonrisa.

–¿Te he dicho que te quiero y que pienso que
eres un hombre increíble?

Los ojos oscuros le devolvieron la mirada con
fiera decisión.

–Eres mía y siempre lo serás.

Con el ceño ligeramente fruncido, Farrah se
preguntó por qué sentía la necesidad de decirlo
precisamente después de la boda.

–Eres muy posesivo, ¿lo sabías? Dominante,
controlador y excesivamente protector.

–No lo era antes de conocerte, pero contigo he
descubierto el significado de esas palabras. Eres
mía, sólo mía.

–Tariq, esto es perfecto. No quisiera marcharme
nunca de aquí –susurró sobre su hombro.

Tariq se puso tenso.

–Yo tampoco, pero desgraciadamente no podemos pasar el resto de la vida en esta caverna.

–¿Y qué me dices del resto del día?

–Me temo que ni siquiera eso.

Ella lo cubrió con su cuerpo.

–Pero eres el sultán y todos te deben obediencia.

Él le despejó un mechón de la cara y la miró con decisión.

–Lo que importa es lo que compartimos, *laeela*, y no el lugar donde lo compartimos.

–Es lo más romántico que me han dicho en la vida. Y sólo por eso te perdono que digas que tendremos que marcharnos. ¿Regresamos a Nazaar?

–No, hay que volver a Fallouk.

Con una expresión horrorizada, Farrah se incorporó y los largos cabellos cayeron sobre sus hombros.

–No.

–Era inevitable que tuviéramos que volver a casa –replicó en un tono inexpresivo–. Es mi hogar, y ahora es el tuyo.

–No podemos ir, no todavía –dijo con frenesí–. Allí fue donde todo se estropeó entre nosotros.

–Esta vez no ocurrirá –le aseguró de inmediato al tiempo que la abrazaba–. Eres mi esposa y nadie puede cambiar ese hecho.

Era cierto, pero aun así no pudo superar la inquietud que se apoderó de ella.

Farrah se acomodó silenciosamente en el asiento trasero del vehículo con un mal presentimiento que aumentaba a medida que el chófer los conducía a la capital, al palacio del sultán.

Como si la naturaleza quisiera solidarizar con su humor sombrío, se desató una tormenta de truenos y relámpagos y ella contempló el cielo oscuro al tiempo que se preguntaba si no sería un presagio.

Farrah intentó olvidar su inquietud mientras se repetía que era una ridiculez. Y de pronto se descubrió recordando detalladamente su primera visita a Fallouk, la antigua ciudad y capital de Tazkash.

Tras un mes en el campamento de Nazaar, Tariq tuvo que regresar a Fallouk debido a la mala salud de su padre e insistió en que lo acompañara.

Locamente enamorada y convencida de que muy pronto le pediría que se casara con él, Farrah accedió de inmediato; pero más tarde se sintió bastante intimidada ante la opulencia y formalidad de la vida en palacio.

—No sé qué hacer ni qué decir —confesó a Tariq, unos días más tarde.

Pero él calmó sus temores, repentinamente distraído y lejano, en nada parecido al hombre con el que había disfrutado tanto durante el mes que habían pasado en el desierto.

—Cualquier persona de la familia te ayudará. Si tienes alguna duda, sólo tienes que preguntar.

Farrah se planteó si debía contarle que, tras las presentaciones iniciales, los innumerables primos, tíos y tías no habían vuelto a acercarse a ella. Había pasado los últimos días leyendo en su habitación.

—Apenas te veo…

—Mi padre no se encuentra bien. Tengo que atender importantes asuntos de Estado.

Ella sonrió sintiéndose culpable por presionarlo de esa manera.

–Desde luego, lo siento. No te preocupes, estaré bien.

–Esta noche hay una cena formal. Voy a enviar a alguien para que te ayude en tu arreglo personal –informó con los ojos puestos en un consejero que le hacía gestos, sin duda ansioso por escoltarlo a otra reunión.

Farrah pasó toda la tarde dedicada a la tarea de elegir un vestido adecuado para su primera cena de etiqueta en el palacio. Se sentía muy insegura y anhelaba cinco minutos a solas con él para que le aconsejara cómo vestirse y conducirse durante la recepción.

Finalmente quedó satisfecha de su elección. Cuando escogía unas discretas joyas, una joven entró en su habitación.

–Soy Asma, la prima de Tariq. Me pidió que viniera a ayudarte –dijo. Su leve aire de superioridad y su ligera sonrisa burlona sugerían que era lo último que le habría gustado hacer–. Vaya –exclamó, tras examinarla.

Farrah se mordió el labio.

–¿No te gusta el vestido? –preguntó en tanto se volvía al espejo.

–Sí, estás maravillosa.

–Creo que es discreto –dijo. Había elegido el vestido con mucho cuidado y por fin había optado por uno de mangas largas y cuello alto–. Quiero causar una buena impresión.

–Desde luego que sí. Aunque Tariq es un hombre habituado a la compañía de mujeres extremadamente hermosas. Nunca lo vas a conquistar si te vistes como una monja –murmuró con una mirada parecida a la compasión.

Farrah se mordió el labio ante el cruel recordatorio de la reputación de Tariq con las mujeres. Sintió que se le encogía el estómago y en un segundo todas sus inseguridades afloraron a la superficie. ¿Por qué podría interesarse por ella? Tariq se relacionaba con mujeres maduras y sofisticadas que sabían cómo atraer su interés. En cambio ella…

Se reía cuando no venía al caso, hablaba cuando no debía hacerlo y se vestía de forma inadecuada. Llegaba a desesperar hasta a su propia madre. ¿Qué veía Tariq en ella?

Entonces recordó el beso en las Cuevas de Zatua. La amaba, sabía que la amaba. Y ella aprendería todo lo que había que saber de la vida de palacio. Aprendería a ser la esposa que él quería y necesitaba.

Con la barbilla alzada, Farrah dio la espalda al espejo.

–De acuerdo, dime qué debo ponerme, Asma. Necesito tu ayuda.

–Ponte un vestido corto y escotado –dijo de inmediato mientras sacaba uno del colgador–. Éste me parece muy adecuado.

–No suelo llevar vestidos tan atrevidos –comentó, dudosa.

–¿Sueles salir con hombres como Tariq? Él acostumbra a frecuentar a las mujeres más sofisticadas del mundo, princesas, actrices, modelos…

–De acuerdo, me lo probaré –interrumpió Farrah, sin ningún deseo de escuchar sus comentarios.

Tras ponerse el vestido que le hizo sonrojarse, se miró al espejo.

–¿Estás segura de que éste es adecuado? –preguntó al tiempo que intentaba subirse el escote.

–Totalmente –replicó Asma suavemente–. Cuando te vea esta noche no podrá apartar los ojos de ti.

Y acertó en su predicción, pero no por las razones que Farrah esperaba. Lejos de sentirse deslumbrado por su belleza, Tariq frunció el ceño con una mirada de desaprobación que no intentó ocultar.

–Ese vestido no es adecuado para una cena formal. Deberías haberte dejado aconsejar por alguien de la familia –dijo con frialdad.

Farrah apretó los dientes mientras intentaba ignorar las lágrimas que le quemaban los párpados.

Demasiado tarde se dio cuenta de que Asma no había asistido a la cena.

Se vio obligada a soportar una odiosa velada, muy consciente de haber dado un paso en falso que le había avergonzando tanto como a Tariq.

Ignoraba por qué Asma la había puesto en esa posición. Furiosa consigo misma por haber sido tan ingenua y confiada, y sin dejar de comparar su aspecto con el de las otras mujeres formalmente vestidas, durante la cena Farrah se mantuvo con la boca cerrada, temerosa de decir algo inadecuado. Así que los intentos de Tariq por entablar conversación se vieron frustrados porque ella se limitó a responder con monosílabos. Al fin él se rindió y se dedicó a conversar con la hermosa pelirroja que tenía a su derecha.

Más tarde, apenas se presentó una oportunidad, Farrah escapó a su habitación.

Tariq se reunió con ella a la mañana siguiente.

–Pediré a una de mis tías que te aconseje sobre cómo hay que vestirse y desenvolverse en una reunión social.

–Si tu tía es como Asma, por favor no te molestes. Creo que he recibido toda la ayuda que tu familia puede proporcionarme –murmuró.

Tariq la miró con frialdad.

–¿Qué quieres decir?

–Está claro que no están conformes con mi presencia aquí.

–Eso no tiene sentido. ¿Por qué habrían de tomarlo a mal?

–No tengo idea. A diferencia de ti, no tengo experiencia en las costumbres y formalidades de palacio. Pero no discutamos, Tariq. Yo te quiero.

La mirada de Tariq se suavizó ligeramente.

–Comprendo que las cosas no han sido fáciles desde que llegamos. Y supongo que son más difíciles porque ignoran cuál es tu cometido aquí. Quiero hablar contigo, y creo que ahora es el momento oportuno.

El corazón de Farrah comenzó a latir atropelladamente. Era el momento que había esperado con tanta ansiedad. Tariq iba a pedirle que se casara con él.

–Sí, Tariq.

–Hoy te mudarás a mis dependencias. Lo anunciaré de inmediato –dijo al tiempo que le rodeaba la cintura con un brazo y la besaba ligeramente en los labios–. Después de todo, eres una amante perfecta.

Farrah lo miró sin comprender.

–¿Una amante perfecta?

–Por supuesto –dijo con una sonrisa–. Sería una locura seguir esperando cuando sabemos muy bien lo que hay entre nosotros.

–¿Una amante perfecta? –repitió conmocionada–. ¿Eso es lo que piensas anunciar?

–Eres extremadamente hermosa y me divierte tu compañía. Ni siquiera tendrás que aparecer en público.

En otras palabras, Tariq se avergonzaba de ella, pensó con profunda tristeza, todos sus sueños destrozados.

–Déjame entender –dijo con voz temblorosa–. ¿Has decidido que sólo quieres mantener relaciones sexuales conmigo?

Él frunció el ceño.

–Te estoy ofreciendo mucho más que eso.

Farrah sintió que la cólera se apoderaba de ella.

–¿Qué exactamente?

–Un lugar junto a mí con todo lo que eso conlleva, y el acceso ocasional a la vida de palacio.

Acceso ocasional.

–Hasta que decidas que te has cansado de mí –replicó al tiempo que ocultaba su dolor bajo la ira–. Creo que soy más valiosa que eso, Tariq.

–Te hago un honor.

–No, me estás insultando. Eres tan cruel como el Sultán de la leyenda. Él se avergonzaba de Nadia, como tú te avergüenzas de mí.

–Esperabas que te propusiera matrimonio, ¿no es así?

El hecho de que supiera sus expectativas no hizo más que aumentar su humillación y se volvió a él luchando contra las lágrimas.

–¡Nadia fue una estúpida! En lugar de suicidarse debería haber matado al Sultán por haber sido un bastardo tan egoísta.

–Nuestra leyenda ha retorcido tus pensamientos, Farrah.

–¡Aquí el único retorcido eres tú! –gritó sin importarle que la oyeran en otras dependencias del palacio. Simplemente no podía dar crédito a lo que él decía. Ella lo amaba–. Eres un egoísta, incapaz de querer a nadie más que a ti mismo.

–Estás enfadada porque querías alcanzar el rango de esposa –dijo con frialdad.

–En tu boca suena como una solicitud de empleo. ¿Por qué crees que quería casarme contigo, Tariq?

El príncipe se puso a la defensiva.

–Por la misma razón que una campesina como Nadia quería casarse con el Sultán. Para alcanzar el poder y una posición social elevada.

Ella giró sobre sus talones y se alejó rápidamente porque no deseaba revelar la profundidad de sus sentimientos.

Las semanas pasadas no habían significado

nada para él. ¿Cómo pudo haberla malinterpretado de ese modo?

¿Y cómo pudo haber sido tan estúpida?

La respuesta era muy sencilla. Porque se había enamorado. Y el amor siempre era optimista y generoso. Había confiado en él. Había creído en él.

De vuelta al presente, Farrah dejó escapar una risita.

Sí, había sido una inocente. Una chica tan confiada que no había visto la malicia en la actitud de Asma. Aunque la prima nunca habría podido sabotear la relación entre ellos sin la ayuda del mismo Tariq, dispuesto a ver lo peor en la joven.

Pero esa vez sería diferente, se dijo Farrah. Esa vez llegaría al palacio como su esposa.

Estarían juntos y disfrutarían de la mutua compañía.

–Tranquila, *laeela* –dijo Tariq con una sonrisa divertida, como si leyera sus pensamientos–. Yo me haré cargo de todo. No habrá problemas. Mi familia aprobará nuestro matrimonio.

Cuando llegaron al palacio, la aprensión de Farrah no hizo más que aumentar mientras la guiaban a una amplia suite con una terraza que miraba a un patio decorado con hermosas arcadas de piedra, arriates con plantas exóticas de ricos colores y una fuente con un surtidor de aguas cantarinas.

Farrah se volvió a Tariq que la había seguido a la terraza.

–¿Qué se supone que debo hacer durante el día?

–Eres mi esposa, puedes hacer lo que quieras. Durante el día, mientras estoy ocupado en reuniones de Estado, puedes disfrutar del palacio –dijo al tiempo que le rodeaba la cara con las manos y la besaba–. Eres mi reina. Ve donde te apetezca y ordena lo que quieras.

–¿Y en la noche?

–En las noches eres mía, y sólo mía.

Capítulo 8

ANSIOSA por no retrasarse, Farrah se vistió para la cena demasiado pronto.

Entonces decidió pasar la media hora de espera explorando el palacio. Mientras paseaba por los corredores, se detenía a admirar las pinturas, los muebles y la decoración de los techos.

Cuando volvía a las dependencias de Tariq, oyó unos sollozos histéricos que provenían de una habitación cercana.

Instintivamente, Farrah apuró el paso con la intención de intentar prestar ayuda a la persona que lloraba con tanta desolación y se detuvo en el umbral de la puerta entreabierta al oír unas voces en el interior.

—La odio —sollozaba una angustiada voz femenina—. La odio tanto. Odio sus cabellos rubios y sus piernas largas. Odio su sonrisa. Pero, más que nada, odio el hecho de que se casara con ella.

Farrah sintió que se helaba. Eran Asma y su madre. Aunque la joven quiso echar a correr, sus pies estaban pegados al suelo.

—Se ha casado con ella —Asma sollozó, al borde de la histeria—. A pesar de todo lo que hicimos hace cinco años para dejar claro que no era la mujer adecuada, Tariq se casó con ella.

–¡Silencio! –ordenó la madre con aspereza–. Ese matrimonio no es más que un asunto de negocios.

Asma siguió sollozando, aunque más calmada.

–Desde luego que no es un asunto de negocios. ¡Está loca por él, siempre lo ha estado!

–Posiblemente. Pero ignora que tras cuarenta días y cuarenta noches, él se divorciará de ella.

Se produjo un largo silencio, sólo interrumpido por los hipos llorosos que Asma dejaba escapar de cuando en cuando mientras asimilaba la noticia.

–¿Y por qué habría de hacerlo?

–Porque no la quiere. Tariq se casó con ella para quedarse con las acciones de la empresa de su padre.

–¿Se casó por las acciones que ella posee?

–Sí, aunque ahora legalmente han pasado a poder de Tariq. En seis semanas se va a divorciar y quedará libre para casarse con la mujer que quiera.

–¿Conmigo? –preguntó con voz temblorosa–. Se casará conmigo, ¿verdad, mamá?

Incapaz de escuchar la respuesta por un súbito zumbido en los oídos, Farrah se sintió tan mal que pensó que caería desvanecida. La tía de Tariq tenía que haberse equivocado, se dijo sumida en un sopor mental. No, Tariq se había casado con ella porque la amaba. Ella sabía que la amaba.

¿Pero se lo había dicho en realidad?

Aturdida y presa de la conmoción, Farrah se alejó de la puerta como si estuviera soñando.

Tenía que hablar con Tariq.

–Su Alteza....

La joven se volvió, horrorizada. Era Hasim Akbar, uno de los consejeros más antiguos del sultán que ya había visto en Nazaar y que la miraba con sus rasgos suaves e inexpresivos.

–Necesito ver a Tariq ahora mismo –susurró, tan conmocionada que apenas podía hablar.

–En este momento, Su Excelencia se encuentra en una reunión de negocios extremadamente delicada con el ministro de Relaciones Exteriores de Kazban y no puedo interrumpirlo, sin embargo...

–He dicho que quiero verle ahora mismo

Algo en su voz advirtió al consejero de la gravedad de la situación. Hasim aspiró una bocanada de aire e inclinó la cabeza.

–Su Alteza, sígame por favor –dijo con una mirada ansiosa.

Tras seguirlo por largos corredores de mármol, al fin llegaron a las grandes puertas de doble hoja que conducían al salón privado de audiencias. A ese punto, la conmoción de Farrah había dado paso a la ira.

–La anunciaré de inmediato, Su Alteza –dijo Hasim con una mirada inquieta.

Sin molestarse en responder, Farrah pasó entre los guardias y entró en otro salón, ignorando las miradas de aquéllos que esperaban una audiencia con el sultán.

Entonces abrió la puerta bruscamente y entró en el gabinete, con la barbilla alzada.

Tariq, inclinado sobre unos documentos, alzó la

vista con el ceño fruncido y una mirada de irritación.

–¿Sucede algo malo? –preguntó con cautela.

–Necesito hablar contigo ahora mismo.

Tras dejar a un lado la pluma estilográfica, se
reclinó en el asiento.

–Farrah, me interrumpes en medio de una nego-
ciación.

–Lo que debo decir podría hacerlo en público
–declaró con firmeza–. Sin embargo, en interés de
la diplomacia te concedo sesenta segundos para
que despidas a tus invitados y te ahorres una humillación en público.

Tariq aspiró una gran bocanada de aire y se
puso de pie, sin dejar de mirarla.

–Faisel te ruego que me excuses unos minutos.
Luego volveremos a reanudar nuestra conversación. Será un honor para mis colaboradores ofre-
certe un refrigerio en el salón contiguo.

Claramente fascinado por lo que acababa de
presenciar, el ministro de Relaciones Exteriores de
Kazban se puso de pie y salió discretamente de la
sala.

–Para tu información, odio las escenas, y más
en público –advirtió Tariq mientras volvía a sen-
tarse, los ojos brillantes de ira–. Me desagrada que
me molesten cuando estoy reunido.

–Y a mí me desagrada haberme enterado de que
te casaste conmigo por las acciones de mi padre.

–Lo que dices no tiene sentido –dijo con aparente indiferencia, aunque dejó de tamborilear en
la mesa y se puso en guardia.

Su actitud confirmó las sospechas de la joven.

–Sí que tiene sentido. Y si odias las escenas, he de decirte que te has casado con la mujer equivocada, porque no estoy dispuesta a aceptar esta humillación con la cabeza gacha –repuso al tiempo que se acercaba a la ventana intentando mantenerse erguida, pese a que las piernas le flaqueaban. Tras mirar al patio unos instantes, se volvió a él–. Eres un bastardo –murmuró.

–Farrah…

–Esta vez creí que me querías de verdad, lo que vuelve a convertirme en una idiota. Todo lo que hicimos juntos, todo lo que me dijiste no significaba nada para ti.

–Estás histérica…

–Y tengo razón para estarlo. Cuarenta días y cuarenta noches. Te casaste conmigo pensando que te divorciarías tras seis semanas de matrimonio. ¿Qué clase de hombre hace eso? ¿Estás seguro de poder soportarme tanto tiempo, Tariq? Ahora todo cobra sentido para mí. Creí que la boda en una cueva era un gesto romántico por tu parte, pero en realidad temías casarte conmigo en público por si alguien cometía una indiscreción y revelaba tu secreto. Me pregunto cómo pude haber dormido con un hombre como tú, una rata despiadada y sin conciencia.

Tariq se acercó tan velozmente que ella sólo se dio cuenta cuando las dos manos le aferraron los brazos y la puso contra la pared.

–¡Basta ya! Has dicho lo que querías y ahora hablaré yo.

–¿Para qué? ¿Para contar más mentiras? –inquirió al tiempo que sentía la presión del cuerpo de Tariq contra el suyo. Nuevamente la excitación se apoderó de ella. Le asqueaba su respuesta instintiva. A pesar de lo que acababa de saber, su propio cuerpo se negaba a admitir la clase de hombre que era.

–Insisto en que te calmes y me escuches. Te he dado más libertades que a cualquier otra mujer.

Farrah intentó alejarse, pero él puso las manos a cada lado de su cabeza, bloqueándole el paso.

–¿Y he de sentirme halagada? Ninguna mujer tenía las acciones que necesitabas, ¿no es así, Tariq?

–Escúchame o tendré que apelar a otros métodos.

Farrah intuyó que uno de los métodos sería besarla en la boca y, a pesar de lo que estaba sucediendo, sabía que sería su perdición.

–Habla, entonces. Excúsate y dime que todo es mentira.

–No, no lo es.

Farrah sintió un agudo dolor en el pecho. Tariq acaba de destrozar la última esperanza de que todo se debiera a un mal entendido.

–Entonces te odio, te odio de verdad. Lo que has hecho no tiene excusa –murmuró al tiempo que las piernas se le doblaban.

Y se habría deslizado al suelo si los brazos de Tariq no la hubieran sostenido con firmeza.

–No intento excusarme. El proyecto del oleoducto es crucial para el futuro de Tazkash y debo proteger ese futuro. Hace cinco años tu padre rompió las negociaciones y aunque hemos intentado otras opciones, ninguna de ellas es viable. Si me convierto en dueño de la empresa, el proyecto podrá realizarse. Y tengo que llevarlo a cabo en beneficio de mi pueblo. He comprado todas las acciones disponibles, pero…

—Espera un segundo… —pidió con una voz que casi era un susurro—. Así que además de utilizarme, ¿te preparas para destrozar la vida de mi padre también? ¿Para adueñarte de una empresa que le ha costado tanto poner en marcha y a la que ha dedicado toda su vida? ¿Es que no tienes conciencia?

Tariq se puso rígido.

—En tu boca suena mal, pero…

—No se me ocurre cómo podría sonar mejor en la boca de un ser despiadado como tú. Así que decidiste rebajarte a contraer matrimonio conmigo por unos barriles de petróleo. No importa cuántas veces vuelvas a plantearlo, porque seguirá sonando muy mal.

Tariq se puso a la defensiva.

—Tú también has ganado con este matrimonio. Si bien es cierto que siempre has tenido dinero y que la boda no te beneficia económicamente, es más cierto que en todas las recepciones sociales tu nombre aparecerá en la lista de los invitados principales. Tu posición como mi esposa te supone el acceso a los eventos más importantes que puedas imaginar.

—Como tu ex esposa, querrás decir. No conoces

ni remotamente a las mujeres, Tariq. ¡Y menos a mí!

–Estás muy nerviosa y con el orgullo herido, pero…

–¿Orgullo? Acabo de descubrir que me he casado con un condenado estúpido. Sigues pensando que quiero pasar el resto de mi vida en fiestas…

–No hay nada de malo en eso –la interrumpió con suavidad–. Las mujeres no se interesan por las mismas cosas que los hombres. Es un hecho que he terminado por aceptar. Te gusta ir bien vestida, eres adicta a los zapatos, te fascinan los peinados y el maquillaje…

Farrah lo miró, consternada.

–Piensas que mi vida es inútil y vacía porque nunca te has tomado la molestia de conocerme a fondo.

–No eres una inútil, y me ha conmovido ver cómo te has adaptado a la vida en el desierto –dijo al tiempo que la escrutaba esperando una reacción favorable.

–Permíteme hacerte una pregunta, Tariq –dijo en un tono peligrosamente suave–. Si tuviera que pasar el resto de mi vida en el palacio o en el desierto, ¿cuál de las opciones elegiría?

–En el palacio, desde luego –respondió, sin vacilar.

–Respuesta equivocada, Tariq.

Él frunció el ceño con impaciencia.

–Pero te gustan las fiestas, pasas tu vida en reuniones sociales. A eso dedicas tu tiempo…

–Te mueves en estereotipos, Tariq. Para ti todas

las mujeres son iguales y eres incapaz de ver…
–Farrah guardó silencio, con los ojos cerrados.

¿De qué servía intentar convencerlo de que se equivocaba?

No la conocía y nunca lo haría. Y ella no iba a darle ese privilegio.

–Si me equivoqué al pensar que también sacarías ventajas de este matrimonio, entonces dime lo que sientes –dijo con rigidez.

–Me siento enferma.

Enferma por haber sido tan estúpida y confiada. Y por haber vuelto a enamorarse de un hombre que pensaba que el matrimonio no era otra cosa más que un intercambio de beneficios. Otro tipo de contrato comercial.

–Juntos estamos bien, *laeela*. La noche en la cueva fue algo increíble –declaró con la voz enronquecida al tiempo que le despejaba suavemente un mechón de la cara–. Tanto es así que he decidido que seis semanas contigo no son suficientes. No me divorciaré de ti.

Tariq la miró con incredulidad y una cierta frustración al ver que las lágrimas corrían por sus mejillas.

–Estás alterada porque pensaste que me iba a divorciar de ti y, sin embargo, cuando te digo que no es así, rompes a llorar. ¿Por qué?

–Porque nunca me he sentido más triste en mi vida –dijo en tono inexpresivo limpiándose las lágrimas con la palma de la mano–. Te casaste conmigo para hacerte con el control de todas las acciones de la empresa de mi padre y luego decides que no te divorciarás, como habías pensado, porque nuestra relación sexual fue mucho más placentera de lo que esperabas. Perdóname por no sentirme halagada, Tariq.

—Malinterpretas todo lo que te digo.

—No lo creo —afirmó con la necesidad de escapar antes de perder su última dignidad. Tras apartarse bruscamente, se dirigió a la puerta. Y sólo cuando sintió el picaporte bajo sus dedos, se volvió a él.

Tariq la observaba con el cuerpo rígido y una expresión pétrea. Estaba claro que intentaba anticipar cuál sería su próximo movimiento, y si la situación no hubiese sido tan dramática, se habría echado a reír. Era la primera vez que le veía tan inseguro de sí mismo.

Tampoco ella sabía lo que iba a hacer, pensó desolada. Aun cuando su dignidad le obligaba a marcharse de la habitación, una parte de ella anhelaba cobijarse entre sus brazos.

—Quiero volver a casa, Tariq.

—Eres mi esposa y no irás a ninguna parte.

Le bastó una mirada a las rígidas facciones de ese rostro tan apuesto para saber que sus argumentos serían inútiles. Por alguna razón él no quería que se marchara. Y no había que ser un genio para adivinar cuál era la razón, a juzgar por la tensión sexual que, aun en esas circunstancias, latía entre ellos.

Y repentinamente, Farrah supo lo que tenía que hacer. Lo que más podría hacerle daño.

—¿Quieres que me quede contigo? De acuerdo,

me quedaré. Pensaste que tendrías que soportarme cuarenta días y cuarenta noches, y eso es lo que vas a tener. Has probado que las únicas cosas que te importan en la vida son el poder, el dinero y el sexo. Por fin he logrado comprenderte. Tienes razón al decir que nos une una química muy poderosa. Tienes razón al afirmar que nuestra noche de bodas fue fabulosa. Lo fue. Pero eso es todo lo que vas a conseguir de mí. De aquí en adelante podrás mirar, pero sin tocar. Prepárate para vivir cuarenta días y cuarenta noches en el infierno, Su Excelencia.

Capítulo 9

QUÉ quieres decir con eso de que no puedes encontrarla? –preguntó Tariq al tiempo que suspendía su paseo por la habitación.

Por su expresión y el tono de voz, era evidentemente que había perdido el proverbial control de sí mismo.

Cuando ella le prometió el infierno, Tariq fue incapaz de suponer que el primer paso sería desaparecer de su vista.

La fría lógica le decía que el desafortunado descubrimiento de la verdad no había influido en el resultado de sus planes. Estaban casados y las acciones de su esposa habían pasado a su poder. Misión cumplida.

¿Entonces a qué se debía ese repentino vacío en su vida?

Era un hombre que nunca había sentido la necesidad de dar cuenta de sus acciones y, sin embargo, de pronto necesitaba hacerlo. Explicar hasta el último detalle. Pero no podía encontrar a la única persona con la que deseaba sincerarse. El hecho de haberse enterado de que estaba extremadamente triste antes de desaparecer, no hacía más que aumentar su inquietud. La preocupación y la frustración se mezclaban con una aguda sensación de culpa.

–Parece como si se hubiera desvanecido, Su Excelencia –dijo Hasim Akbar, desolado.

–Es imposible que alguien se mueva en este palacio sin que se enteren al menos unas diez personas. Debe de estar en alguna parte. ¡Encuéntrala!

–Nadie la ha visto desde que se marchó de la sala de audiencias esta mañana.

–Encuéntrala –repitió en un suave tono letal que hizo retroceder a Hasim hasta la puerta.

Sí, estaba muy alterada cuando se marchó del gabinete. Era posible que hubiera salido del palacio y anduviera deambulando por los barrios más sórdidos de Fallouk. Al no conocer los alrededores de la ciudad podía encontrarse en peligro, pensó Tariq.

Entonces decidió unirse a la búsqueda.

Sentada en un rincón del establo, sin prestar atención al largo vestido de seda, Farrah miraba a la hermosa yegua árabe que comía en un montón de heno.

Tras soltarse el pelo, se había quitado los altos zapatos de tacón.

Había caído la noche, era tarde, estaba oscuro y había llorado tanto que no se atrevía a imaginar el aspecto de su cara, pero no le importaba. Antes de decidirse a volver al palacio tenía que desahogar su dolor.

–Supongo que pensarás que soy una estúpida –murmuró a la yegua–. Otra vez he hecho el tonto con el mismo hombre. Está claro que nunca aprendí la lección. Pero ahora no se trata sólo de mí. Por mi culpa, mi padre ha perdido su empresa. Y todo porque fui demasiado ciega para no pensar en las consecuencias de mi matrimonio con Tariq –dijo con las lágrimas rodando por sus mejillas.

La yegua volvió la cabeza hacia ella con un suave resoplido.

–Pensé que Tariq me quería. Sé que es arrogante y autoritario, pero no puede evitarlo, y yo sentí compasión por él a causa de su infancia tan triste. Creí que podría enseñarle a demostrar sus sentimientos –confesó con las largas piernas recogidas bajo el cuerpo–. Sin embargo, la incapacidad de expresar sus emociones se debía a que no me amaba y, francamente creo que es incapaz de querer a nadie –dijo reclinándose contra la pared con los ojos cerrados. Toda su ira se había evaporado dejándola exhausta e incapaz de tomar decisiones–. No sé cómo he podido permitir que el mismo hombre me haya herido dos veces.

La yegua rozó la mano de Farrah con el belfo.

Entonces, abrió los ojos y acarició la cabeza del animal.

–No sé lo que voy a hacer. No tengo amigos en este palacio, nadie con quien hablar. Su familia me odia. Mi padre está lejos y no puedo comunicarme con él, ni siquiera para contarle lo que está sucediendo. Mi vida es un desastre.

–Tu vida no es un desastre, mi familia no te odia y puedes hablar conmigo. De hecho, ojalá que lo hicieras –oyó la voz grave y tensa de Tariq que se acercaba después de cerrar la puerta de la cuadra para asegurarse de que no iba a huir.

–¿Qué haces aquí? –preguntó con un sobresalto–. No quiero hablar con un hombre tan horrible como tú. Vete.

La yegua alzó la cabeza, pateó el suelo y Tariq le acarició el cuello con suavidad.

–¿Tienes idea del alboroto que has causado? Hace horas que te buscamos. Toda la guardia de palacio está movilizada.

Por primera vez veía a Tariq con un aspecto desaliñado. Llevaba la misma camisa blanca que le había visto por la mañana, pero en ese momento parecía sucia y arrugada.

–¿Por qué me busca la guardia de palacio?

–Porque desapareciste de la faz de la tierra. Pensé que habías sufrido un accidente. Estaba muy preocupado por ti.

–Preocupado por tu inversión, querrás decir. Si hubiera sufrido un accidente no habría importado, porque mis acciones ya son tuyas.

–Aunque pienses lo contrario, esto no tiene que ver con las acciones de la empresa de tu padre –dijo al tiempo que se pasaba una mano por los brillantes cabellos oscuros–. No puedo creer que estemos conversando en los establos y en plena noche. Ven conmigo y hablaremos con calma.

–No quiero hablar y no me moveré de aquí hasta que me encuentre en disposición de hacerlo, y no antes.

–Querrás decir que no deseas conversar conmigo, porque hace horas que le hablas a mi yegua –repuso con un toque de ironía–. No sabía que te gustaban los caballos.

–¿Y cuál es la diferencia? Nunca mostraste interés en mí como persona. Lo único que deseabas era casarte conmigo por interés, todo lo demás era irrelevante.

–Eso no es cierto. Ahora lo único que deseo es que regresemos a nuestro apartamento y hablemos con tranquilidad. Está casi helando, llevas un vestido muy ligero y no puedes pasar la noche en mis cuadras.

–¿Por qué no? Los establos son agradables y tu palacio está lleno de ratas.

–Podemos solucionar nuestros problemas.

–No lo creo. Esta vez te has excedido. Aunque a ti no te importa, ¿no es así?

–¿Vas a ser razonable?

–Posiblemente no. No estoy en condiciones de razonar. Me siento como una estúpida a causa de mi ingenua credulidad. El descubrimiento de tus manipulaciones no es el mejor incentivo para ser razonable –dijo temblando de frío.

–Basta de discusiones. El hecho de estar enfadada conmigo no es una razón para contraer una pulmonía –dijo tomándola en brazos y saliendo del establo.

Tariq entró en el palacio sin hacer caso de los

servidores que miraban sorprendidos antes de in-
clinar la cabeza a su paso.

Cuando llegaron a la espaciosa habitación, la
dejó sentada en la inmensa cama.

Una cama que todavía no había compartido con
él y que nunca compartiría, se prometió a sí misma
sin poder impedir la excitación que repentinamente se había apoderado de su cuerpo.

Al ver que Tariq se desabotonaba la camisa con
un brillo intencionado en los ojos, ella saltó de la
cama.

—No se te ocurra, Tariq. Piensas que todo se
puede resolver con una buena relación sexual, pero
no es así —le advirtió cuando la camisa cayó al
suelo.

—¿Por qué te niegas a ti misma lo que sabes que
deseas? —preguntó, con los ojos clavados en ella.

Cuando empezó a desabotonar la cintura del
pantalón, ella sintió que la sangre le hervía de deseo y decidió evitar hacer algo de lo que iba a arre-
pentirse más tarde.

«Cuarenta días y cuarenta noches» se dijo a sí
misma.

Y luego a casa y a pasar el resto de la vida intentando olvidar.

Además de emplear su tiempo en algunos compromisos sociales, Farrah se dedicó a evitar a Tariq.

Incluso dormía en el amplio vestidor de la suite,
encerrada con llave.

Había intentado una y otra vez comunicarse con su padre, pero era imposible dar con él y cada día se sentía más ansiosa. ¿Qué diría cuando descubriera lo que su hija había hecho?

Para distraerse, se dedicó a explorar el palacio de Tariq y encontró cosas maravillosas, pero lo más importante fue el descubrimiento que había hecho el primer día de su llegada a palacio: los establos del sultán.

Durante los días siguientes aprendió a conocer a los caballos por su nombre y su personalidad. Tras decidir que sus funciones como reina eran un fracaso, tanto como su matrimonio, consiguió unos pantalones de montar y una camiseta holgada y se dedicó a dar paseos y a cuidar de los caballos. Y si sus servidores pensaron que su conducta era muy extraña, guardaron religioso silencio.

Una semana después de su llegada a Fallouk, escuchó unos sonidos desagradables, aunque muy familiares. Eran los gritos incontrolables de un niño en pleno berrinche.

Instintivamente, dejó de lado el cepillo que utilizaba en ese momento y salió de la cuadra.

La tía de Tariq miraba con gran frustración a un niño de unos siete años tendido en el césped frente a los establos y que no paraba de patear. Con las mandíbulas apretadas y él cuerpo rígido, movía las piernas y los brazos de arriba abajo amenazando con golpear al primero que se le acercara.

—¡Si no te calmas te voy a dejar solo! —exclamó la tía de Tariq que al instante cambió de expresión al ver a Farrah.

Pero la joven alcanzó a notar la tristeza desesperada en sus ojos. Y reconoció esa mirada porque la había visto muchas veces en el rostro de otros padres.

De inmediato supo que el problema era más grave que un simple berrinche.

–¿Qué le sucede? –preguntó, sin saber qué hacer.

–Rahman tiene problemas de conducta. No es fácil manejarlo. Hay que dejarlo solo hasta que se le pase el mal humor. No soporta que lo toquen, así que no lo hagas –dijo antes de alejarse y dejarlo solo, tendido en el césped y sin dejar de chillar.

Farrah movió la cabeza de un lado a otro y se sentó tranquilamente cerca del chico. Y de pronto recordó que una vez habían enviado a la escuela de equitación a un niño con los mismos problemas y que había mejorado notablemente gracias a los caballos.

Sin dejar de mirarlo, pensó en los ponis que había en las cuadras de Tariq.

¿No valía la pena intentarlo?

Y así fue cómo Rahman se convirtió en un proyecto importante para ella.

Todos los días lo llevaba a las cuadras. Al principio, el niño se sentaba en silencio sobre un montón de heno y se limitaba a observar mientras ella limpiaba a los caballos. Después de unos días, sin decir palabra, Farrah le tendió un cepillo para que la ayudara a limpiar al poni más tranquilo y dócil que había encontrado. Rahman la miró un largo instante y luego tomó el cepillo.

–Con movimientos circulares. Así –dijo ella tranquilamente antes de alejarse un poco para no estorbarlo.

Con mucha inseguridad, el niño empezó a cepillar el cuello del animal y poco a poco sus movimientos se volvieron más seguros.

Algunos días después, Farrah pidió a unos de los mozos de cuadra que la ayudara durante el primer paseo del chico en su poni. Cuando estuvo instalado en la montura y el caballito dio sus primeros pasos, Rahman sonrió. Y sonrió de verdad.

A medida que pasaban los días, y tal como Farrah esperaba, los berrinches fueron bastante menos frecuentes. Una mañana vio que el niño abrazaba a su poni y le daba golpecitos en el cuello.

–Sí, a él le gusta –dijo suavemente–. Los abrazos son muy importantes, Rahman.

–Me alegro que pienses así –oyó una voz grave a sus espaldas. Sorprendida, la joven se volvió. Era Tariq que la miraba con ironía–. Parece que has encontrado una residencia permanente en mis establos –alcanzó a decir antes de notar la presencia de Rahman junto al caballo–. Farrah, necesito hablar contigo, inmediatamente.

Temerosa de que la frialdad de Tariq pudiera alterar al niño, Farrah salió del establo sin discutir y se alejó lo suficiente para que Rahman no les oyera y al mismo tiempo mantenerlo vigilado.

–Quiero que saques al niño de la cuadra.

Al notar su auténtica preocupación, Farrah desistió de discutir.

–Rahman está bien. Tiene talento para montar a caballo.

–¿Lo conoces bien? Si se enoja puede asustar a los animales y te pueden hacer daño –objetó con suavidad.

–Sí, estás en lo cierto. Pero él no se enfada cuando está con los animales. Esto lo he visto antes. A menudo los niños se relacionan con los animales de un modo que les es imposible con los adultos. Es verdaderamente sorprendente.

Tariq entornó los ojos.

–¿Qué quieres decir? ¿Has visto alguna vez niños como Rahman?

Ella vaciló un instante. ¿Por qué no decirle la verdad? ¿Qué más le quedaba por perder?

–Constantemente. Trabajo en una escuela de equitación y nos envían niños con toda clase de discapacidades. Desde luego que los caballos no siempre pueden ayudar, pero la mayoría de las veces lo consiguen. Es sorprendente ver la cara de un niño gravemente discapacitado cuando por primera vez pasea por la pista montado en su caballo... –Farrah guardó silencio al notar la extrañeza en los ojos de Tariq.

–¿Trabajas con niños?

–Bueno, en realidad lo hago con caballos. Mi trabajo consiste en elegir el que más se adapta al pequeño jinete. No pretendo hacer terapia clínica ya que para eso están los especialistas. Pero conozco bien a los caballos. Tienen personalidad, como los seres humanos. Además son muy inteligentes. El poni que monta Rahmad es maravilloso. Justo el tipo de animal que le conviene al niño –dijo al tiempo que señalaba a Rahmad, totalmente entregado a la limpieza del caballito.

–Ha pasado por la consulta de muchos médicos y psicólogos y ninguno ha podido curarlo de sus terribles rabietas. Me parece que en un par de semanas has hecho lo que ningún especialista ha logrado conseguir.

–No he sido yo, fueron los caballos –dijo, confundida.

–¿Con qué frecuencia vas a la escuela de equitación en Inglaterra?

–Todos los días. De lunes a sábado, aunque a veces hay que ir los domingos. Llego a las cinco y media y me marcho junto con el último niño. Es una jornada muy larga, pero me encanta.

–Y decidiste que no merecía la pena contármelo, ¿no es verdad?

–Es una parte de mi vida que no comparto con nadie. Mi madre nunca pudo comprender que prefiriera que el barro me llegara a las rodillas antes que ponerme unos zapatos de diseño de tacón alto. Estoy segura de que también te sentirás avergonzado, pero no me importa. Lo hago porque me gusta y porque me siento útil. Y ahora voy a echar un vistazo a Rahmad –dijo antes de alejarse hacia las cuadras. Después que el niño se hubo marchado, Farrah pasó el resto del día en los establos, sin ánimo de volver al palacio.

Estaba absorta en su trabajo, cuando de pronto

vio a Tariq en la cuadra vestido con un elegante traje gris que realzaba la perfección de su cuerpo. Los cabellos oscuros brillaban bajo las luces y sus rasgos arrogantes mostraban una tensión evidente.

–Hoy era la cena de bienvenida al príncipe de Kazban –informó con suavidad.

Farrah se sintió culpable.

–Lo siento. Perdí la noción del tiempo. ¿Era obligatoria mi presencia allí?

–Eres mi esposa. Me casé contigo.

–Bueno, realmente te casaste con las acciones que me corresponden de la empresa Tyndall –replicó al tiempo que se volvía al poni que estaba cepillando.

Habría hecho cualquier cosa para evitar mirarlo. Su aspecto era fabuloso, asombroso, extremadamente viril. Farrah cerró los ojos intentando olvidar la ardiente sensación en la zona de la pelvis.

En dos zancadas, Tariq estuvo junto a ella, la apartó del caballo y la puso contra la pared. Farrah quedó atrapada en la fuerza y calor del cuerpo masculino.

–Ya he oído suficiente. Estás decidida a simplificar lo que no es tan simple, pero ya hablaremos de ello. Por ahora basta de palabras, se me agotó la paciencia. Te he dado tiempo para que te calmaras y volvieras a la razón, pero no lo has conseguido.

–Déjame ir, Tariq –pidió abrumada al sentir su aroma, el fuego de sus ojos y sobre todo, su proximidad.

–De ninguna manera.

–¡Oh, Dios! No me hagas esto –murmuró al tiempo que intentaba liberarse.

Sin embargo, no pudo evitar un gemido cuando sintió la excitación de Tariq y su cálido aliento muy cerca de la boca.

–Eres la mujer más enloquecedora que he conocido –dijo al tiempo que colocaba los brazos en la pared a cada lado de su cuerpo, bloqueándole la salida –. No sé si estrangularte o besarte.

–Mátame, sería mejor para los dos. No quiero que me beses.

Si lo hacía, sería su perdición.

Tariq se apoderó de su boca mientras le tomaba los brazos y los colocaba alrededor de su cuello. Y Farrah olvidó su deseo de que no la besara. Olvidó al hombre que le había hecho tanto daño. Olvidó su resolución de mantener las distancias. Olvidó todo, excepto su anhelo de él tras dos semanas de separación.

El beso fue una caricia salvaje, un asalto primitivo a sus sentidos que terminó por destruir su fuerza de voluntad.

Mientras le acariciaba un pecho, ella arqueó el cuerpo ciñéndose más aún contra la excitada virilidad de Tariq. Como respuesta a su silencioso ruego, con ambas manos le abrió la blusa y los botones salieron despedidos.

–Te quiero desnuda –murmuró con una voz ronca y seductora mientras le quitaba el resto de la ropa.

Farrah sintió la boca de Tariq en los pechos desnudos y profirió un grito ahogado al sentir sus dedos entre las piernas. Frenética de deseo, intentó bajarle la cremallera de los pantalones, pero de inmediato sintió que la mano de Tariq la ayudaba a hacerlo.

—Ahora, Tariq, ahora, por favor.

Con la mirada brillante de pasión, él la alzó sin vacilar y Farrah le rodeó las caderas con las piernas. Tariq penetró su cuerpo con vehemencia y la joven, aferrada a él, siguió su ritmo cada vez más urgente hasta sentir que su cuerpo estallaba en una lluvia de sensaciones tan exquisitas que por un instante dejó de respirar. Entonces Tariq alcanzó el clímax y ambos descendieron a la vida real, jadeantes y temblorosos. El mundo exterior volvió a introducirse en su intimidad. La fría pared contra la espalda desnuda de Farrah, el poni que comía tranquilamente en una esquina de la cuadra.

Sólo cuando sus pies volvieron a tocar el suelo, Farrah se dio cuenta de que estaba completamente desnuda y él totalmente vestido.

Entonces se vistió con manos temblorosas y la cabeza inclinada para evitar su mirada.

—Farrah, realmente necesitamos hablar —dijo Tariq con la respiración todavía alterada.

Y eso era lo único que ella no quería hacer.

¿Para volver a escuchar la misma proposición que le hizo hacía cinco años? No, no era eso lo que deseaba. Era cierto que los unía algo muy poderoso, pero sólo era sexo, y no era suficiente para ella.

A la larga, Tariq terminaría por cansarse de su

cuerpo, y entonces, ¿qué sería de ella? Una mujer enamorada de un hombre que no la amaba. No, no podría vivir así.

Tariq tenía que dejarla marcharse. Ése había sido su plan y probablemente el hecho de saber que en el fondo ella no era la persona que pensaba, reforzaría su decisión.

Sí, se marcharía para facilitarle las cosas.

Capítulo 10

A LA MAÑANA siguiente, Farrah fue a buscar a Asma.

Estaba tomando café mientras hojeaba una revista de modas y pareció desconcertada al ver a la joven en la puerta.

—Iré al grano —dijo al tiempo que cerraba la puerta tras de sí—. Quiero marcharme de aquí, pero no puedo hacerlo sola, así que tendrás que ayudarme.

Asma cerró la revista y la miró con frialdad.

—¿Por qué tendría que hacerlo?

—Porque no deseas que esté aquí. Nunca lo quisiste.

—No pienso...

—Muy bien, no necesitas pensar —replicó con tranquilidad—. Sólo necesito un medio de transporte fiable para llegar a la frontera con Kazban sin que Tariq lo sepa.

La revista se le cayó de las manos.

—¿Vas a cruzar la frontera?

—Una vez en Kazban, intentaré persuadir a las autoridades para que me permitan volar a Inglaterra —explicó con impaciencia—. No puedo tomar un vuelo comercial aquí en Fallouk, ¿no es cierto?

–Supongo que no. ¿De veras quieres marcharte?

–Sí, y quiero hacerlo cuanto antes. Eres la prima del sultán así que podrás conseguir algo. Sólo necesito un vehículo y un conductor que conozca el camino.

–Sí… claro que podría, pero… –murmuró, incapaz de creer en su buena suerte.

–De acuerdo. Tariq estará ocupado todo el día con el príncipe de Kazban. Quiero marcharme bastante antes de que note mi ausencia.

Asma se puso de pie.

–Ordenaré un coche de inmediato. Te estará esperando junto a las puertas del establo dentro de una hora.

Farrah regresó a los aposentos de Tariq pensando que sólo le quedaba una cosa por hacer.

Una vez en la habitación, sacó de su bolso unos documentos que se había hecho enviar desde Inglaterra. Farrah leyó el contenido con los ojos llenos de lágrimas. Luego tomó una estilográfica y se puso a escribir.

El viaje transcurrió sin incidentes.

Farrah contemplaba el hermoso color dorado de las dunas preguntándose si volvería a ver el desierto otra vez. No, con toda seguridad no volvería a Tazkash por tercera vez.

–Hemos llegado a la frontera –dijo el chófer y ella sintió que aumentaba su tristeza.

Cuando pasara entre los guardias, Tariq estaría en otro país, lejos de ella.

Cuando la joven se secaba las lágrimas, la puerta se abrió bruscamente y un guardia uniformado la miró fijamente.

–Pasaporte –dijo con una expresión dura y ella se sintió invadida de inquietud–. Venga conmigo –ordenó, tras examinarlo con atención.

Farrah hizo lo que le ordenaba al tiempo que se decía que sólo era un trámite rutinario ya que se encontraba en la frontera.

El guardia la condujo a un edificio de piedra.

–Por aquí –dijo haciéndola entrar en una habitación y cerraba la puerta.

Tariq, de pie junto al escritorio y vestido con elegancia, la miraba con el ceño fruncido.

–¿Es que tendré que mantenerte bajo llave? Cada vez que vuelvo la espalda, intentas escapar. ¿Por qué?

–¿Qué haces aquí?

–Abandonar mis deberes reales, como siempre. Si estuvieras junto a mí cumpliendo tus deberes de esposa de un sultán, no tendría que abandonar mi trabajo.

–Mi sitio no está junto a ti.

–¿Por qué me has dejado este sobre? –preguntó al tiempo que lo dejaba en el escritorio.

–Son los certificados de las acciones que me corresponden, Tariq. Te casaste conmigo por esos documentos, espero que los disfrutes –dijo con la voz quebrada de emoción y se dirigió a la puerta.

–No vas a ir a ninguna parte –dijo al tiempo que la ponía contra la pared y la atrapaba entre sus brazos.

–Las acciones son tuyas –dijo con lágrimas en los ojos–. Ya puedes pedir el divorcio. Ni siquiera tendrás que esperar cuarenta días y cuarenta noches.

–No me voy a divorciar. Nunca.

–Eso es ridículo.

–¿Crees que lo que nos une es ridículo?

–Lo que nos une es sólo sexo, Tariq. Y no estoy preparada para quedarme contigo hasta el día que te aburras de mí.

–¿Aburrirme? –Tariq se echó a reír, sinceramente divertido–. Contigo nadie podría aburrirse. Eres una mujer impredecible. Llevas una vida secreta que siempre me ocultaste, siempre intentas escapar. Hay muchas maneras de describir nuestra relación, pero la palabra «aburrida» es impensable.

–No sé conducirme en el palacio.

–Porque no has hecho ningún esfuerzo para introducirte en esa vida –repuso con tranquilidad –. Y no te puedo culpar. Durante nuestra primera visita mis familiares fueron muy poco amables contigo y te aconsejaron para que te sintieras más extraña y fuera de lugar, lo que me llevó juzgarte mal.

–¿Sabías lo que hicieron?

–No en ese entonces. Me temo que hace cinco años tenía demasiadas cosas en qué ocupar la mente. Mi padre estaba seriamente enfermo, el futuro económico del país estaba amenazado, y todo eso me exigía tanto tiempo, que no fui capaz de prestar atención a las causas de tu malestar. Y te pido disculpas por ello. Todo lo que percibí fue que, desde tu llegada a palacio, te convertiste en otra persona.

—Intentaba complacerte, ser la mujer que querías que fuera.

—Ahora lo sé. Y también me doy cuenta de que mi familia te aconsejó mal intencionadamente.

—¿Cómo te enteraste?

Tariq se apartó de ella y se puso a pasear por la habitación.

—Estaba decidido a averiguar quién te dijo que pensaba divorciarme. Y no tuve que ser un genio para saber que la información vino de parte de mi tía que ha sido muy indulgente con Asma.

—Bueno, estoy segura de que Asma aprenderá a conducirse cuando sea tu esposa —dijo Farrah antes de dirigirse a la puerta.

—De acuerdo a mis instrucciones, los guardias no te dejarán pasar —dijo Tariq con tranquilidad—. Así que será mejor que continuemos conversando. Asma nunca será mi esposa.

—¿Ella lo sabe?

—Ahora sí que lo sabe. Hablé con ella y con mi tía para dejar claro que el puesto de mi consorte no está vacante porque estoy casado contigo, y así pienso continuar. Así que de ahora en adelante, ya no habrá más problemas por esa parte. Por lo demás, mi tía ha cambiado de opinión respecto a ti debido al milagro que obraste con Rahman.

Farrah cerró los ojos. El calor era intolerable y le dolía la cabeza tras una noche de insomnio.

—¿Por qué quieres seguir casado conmigo? ¿Porque nuestras relaciones sexuales son buenas?

–No, porque quiero pasar el resto de mis días contigo.

–Te avergüenzas de mí…

–Eso no es cierto. Hace cinco años quedé fascinado contigo, y cuando volvimos al palacio te convertiste en una persona totalmente diferente. Esto no habla bien de mí, pero debo confesarte que me preocupaba que te parecieras a tu madre, una preocupación que mi familia utilizó en su provecho cuando te aconsejaron sobre el modo de vestirte y conducirte en el palacio.

A pesar del dolor que sintió al oír la confesión, una llama de esperanza se encendió en el interior de la joven. Tariq nunca deseó que se pareciera a su madre.

–Así que cuando supiste que tendrías que casarte conmigo debiste de haber odiado la idea.

Tariq se pasó la mano por la nuca.

–El matrimonio nunca fue mi primera prioridad. Ni contigo ni con nadie. Confieso que decidí casarme porque sabía que existía una posibilidad de divorciarse. Sólo pensé en mí. Me doy cuenta de que esta confesión me resta crédito ante ti, aunque debes comprender que me había hecho una idea muy equivocada de tu persona. Ni siquiera se me ocurrió que el divorcio podría causarte dolor.

–Así que me cortejaste movido por intereses comerciales.

–Suena muy mal, pero ya es parte del pasado. Ahora es el futuro lo que importa, y estoy decidido a compartirlo contigo.

–No me conoces, Tariq. En realidad no sabes quién soy yo.

–¿Y de quién es la culpa? Me acusas de todos los errores de nuestra relación, aunque tuviste mucho cuidado de ocultar tu verdadera personalidad. Piensa en ello, Farrah. Nunca me has dado una razón para cuestionar mis prejuicios contra ti. De hecho, siempre has insistido en mantener la imagen de una mujer frívola y mundana. ¿Por qué lo has hecho?

Farrah tragó saliva.

–Porque siempre fui una desilusión para mi madre. Ella deseaba una hija muy femenina y yo era una chica con exceso de kilos, desmañada y que disfrutaba de la vida al aire libre. El ballet se me daba muy mal, pero amaba los caballos. Me pasé la vida intentando complacer a mi madre y al mismo tiempo hacer lo que me gustaba de verdad. Y también cambié mi imagen a causa de ti. Cuando me dijiste que no era lo suficientemente buena para ser tu esposa, decidí terminar de reinventarme a mí misma. Así que de ahí en adelante, tuve que llevar una doble vida. Aunque debo decir que los bailes benéficos me sirvieron para conseguir dinero para mis propias obras de caridad.

Nunca lo había pensado, pero era cierto. ¿Cómo podía culparlo por haberse formado una opinión negativa, cuando ella misma se había empeñado en proporcionarle todos los argumentos?

–Hace cinco años quisiste convertirme en tu amante.

–Estaba sometido a una fuerte presión. Los días

que pasé contigo fueron un oasis de calma en mi vida. Quería que te quedaras conmigo, pero cuando llegamos al palacio tuve que enfrentarme a la fuerte oposición de mi padre y de toda la familia.

—Era algo entre nosotros, Tariq…

—No sabes cuánto deseaba liberarme de todas mis responsabilidades como príncipe sustituto del sultán y escaparme contigo, como lo hicimos tantas veces en Nazaar. Tú pensabas que todo era muy sencillo, pero en mi vida la sencillez no existe.

Con una honda sensación de culpa, de pronto Farrah cayó en la cuenta de la enorme presión a la que Tariq estaba sometido.

—Tienes razón, debo admitir que siempre pensé sólo en nuestra relación. Fui muy egoísta. Pensé que me ignorabas, Tariq. ¿Tienes idea de lo que significa para una chica de dieciocho años enamorarse del hombre más sexy del mundo? Mi madre destruyó la seguridad en mí misma, y en tu palacio abundaban las mujeres sofisticadas, acostumbradas a la vida mundana. No podía competir con ellas.

—Pero yo no quería una mujer mundana y sofisticada. Por eso cuando tuve la oportunidad de ganarte para mí, no dudé en hacerlo —dijo al tiempo que le tomaba la mano.

—Pero necesitabas la empresa de mi padre.

—Sí, aunque también había otras maneras de lograrlo. La verdad es que me aferré a esa excusa, pero no por las acciones que poseías, sino porque en el fondo quería casarme contigo. Es una verdad que he descubierto hace muy poco.

–Tariq…

–No me interrumpas. Intento decirte algo que he evitado durante toda mi vida, así que no me es fácil –declaró al tiempo que le soltaba la mano y se alejaba al otro extremo de la habitación, de espaldas a ella–. Te amo, Farrah. Me casé contigo porque te amaba, aunque entonces no fui capaz de darme cuenta. Quiero seguir casado contigo porque te quiero. Ya lo he dicho tres veces y no ha sido tan difícil –añadió volviéndose a ella con una sonrisa.

–¿Me quieres?

–Sí, parece increíble, ¿verdad? Y ahora quiero que me digas que también me quieres, que no intentarás volver a escapar, que me amas con locura… cosas como ésas.

–Tariq, somos muy diferentes.

–Sí, y es bueno ser diferentes. Eres ridículamente extravagante, poco práctica, romántica, pero también te quiero por eso –dijo al tiempo que le daba un suave beso en la boca–. Por otra parte sé que amas lo caballos y a los niños, que eres amable, generosa y desinteresada. Sé que te gusta la vida sencilla, pero que tampoco te sientes incómoda en las reuniones sociales. Sé que no te gustan las intrigas palaciegas, pero yo te enseñaré a manejarlas. Sé que amas nuestro desierto y que disfrutas de nuestra comida.

–Das por sentado que me quedaré contigo. Eres arrogante y obstinado.

–Lo reconozco. ¿Pero por qué habrías de marcharte cuando sabes que te encanta este país? A pesar de lo que puedas pensar, no tendrás que vivir en una pecera de oro. Hay muchas instituciones que agradecerían tu colaboración. También tenemos una escuela de equitación en Fallouk en la que podrías participar, si eso te complace.

—¿Y no te sentirías avergonzado de mí?

—Todo lo contrario, nunca pensé que me sentiría tan orgulloso de mi esposa —dijo suavemente, con una extraña luz en sus ojos.

Farrah se ruborizó.

—¿Y el oleoducto?

—Es un proyecto crucial. Hace unos días hablé con tu padre y le expliqué todo. Dadas las circunstancias, se mostró sorprendentemente razonable. No tomaré el control de la compañía. Hemos acordado crear una sociedad que nos beneficiará a ambos.

Farrah sonrió aliviada.

—Mi padre es un hombre que comprende el amor.

Tariq asintió.

—No me cabe duda. Mañana llegará al país para reanudar las negociaciones. Así que tú decides lo que vas a hacer cuando llegue. Si deseas marcharte con él, estoy seguro de que se sentirá feliz de llevarte de vuelta a casa. Por otra parte, también estoy seguro de que estará con nosotros si decidimos volver a celebrar nuestra boda.

Por primera vez, Farrah percibió la incertidumbre en su mirada, y fue esa incertidumbre la que la llevó a tomar su decisión.

–Estoy en casa, Tariq –dijo al tiempo que lo abrazaba estrechamente–. Sabes que te amo…

–Sí, lo sé. Pero lo que ignoro es si serás capaz de perdonar mis errores.

–El amor es generoso y sabe perdonar. Si sigo casada contigo, ¿debo vestirme como una reina?

–Sólo parte del tiempo, porque el resto lo pasarás desnuda –dijo al tiempo que se inclinaba sobre sus labios.

Bianca®

Un solo beso y él supo que ella le daría cualquier cosa que le pidiera...

Moreno, orgulloso y peligrosamente guapo, Guido Corsentino había decidido recuperar a su esposa. Por fuera, Amber era perfecta e intocable, pero Guido sabía que por dentro era una mujer tremendamente apasionada.

Había algo en lo que también debía pensar Guido; Amber ya lo había abandonado una vez, por lo que ahora no podía darle la menor oportunidad de volver a hacerlo. La protegería de las consecuencias de sus acciones... ¡y lo haría en la cama!

Chantaje siciliano

Kate Walker